Fischer TaschenBibliothek

Der klassische Adventskalender

24 Geschichten bis zum Fest

FISCHER TaschenBibliothek

MIX
Papier | Fördert gute Waldnutzung
FSC® C083411

Erschienen bei FISCHER Taschenbuch
Frankfurt am Main, Oktober 2024

Umschlaggestaltung: kreuzerdesign|München Rosemarie Kreuzer
Umschlagabbildung: Dora Braum, ›Münchener Weihnachts-
kalender »Christkindleins Haus«, um 1920‹ / akg-images, Berlin
Satz: Dörlemann Satz, Lemförde
Druck und Bindung: CPI books GmbH, Leck
ISBN 978-3-596-52368-9

1

Thomas Mann

Weihnachten auf dem Zauberberg

Im Speisesaal, an den sieben Tischen, beherrschte der Anbruch des Winters, der großen Jahreszeit dieser Gegenden, das Gespräch. Viele Touristen und Sportsleute, hieß es, seien eingetroffen und bevölkerten die Hotels von »Dorf« und »Platz«. Man schätzte die Höhe des geworfenen Schnees auf sechzig Zentimeter, und seine Beschaffenheit sei ideal im Sinne des Skiläufers. An der Bobbahn, die drüben am nordwestlichen Hange von der Schatzalp zu Tal führte, werde eifrig gearbeitet, schon in den nächsten Tagen könne sie eröffnet werden, vorausgesetzt, daß nicht der Föhn einen Strich durch die Rechnung mache. Man freute sich auf das Treiben der Gesunden, der Gäste von unten, das nun sich hier wieder entwickeln werde, auf die Sportsfeste und Rennen, denen man auch gegen Verbot beizuwohnen gedachte, indem man die Liegekur schwänzte und entwischte. Es gab etwas Neues, hörte Hans Castorp, eine Erfindung aus Norden, das Skikjöring, ein Rennen, wobei sich die Teilnehmer auf Skiern stehend von Pferden ziehen lassen würden. Dazu wollte man entwischen. – Auch von Weihnachten war die Rede.

Von Weihnachten! Nein, daran hatte Hans Castorp noch nicht gedacht. Er hatte leicht sagen und schreiben können, daß er kraft ärztlichen Befundes mit Joachim den Winter hier werde zubringen müssen. Aber das schloß ein, wie sich nun zeigte, daß er hier Weihnachten verleben sollte, und das hatte ohne Zweifel etwas Erschreckendes für das Gemüt, schon deshalb, aber nicht ganz allein deshalb, weil er diese Zeit überhaupt noch niemals anderswo als in der Heimat, im Schoß der Familie, verlebt hatte. In Gottes Namen denn, das wollte nun in den Kauf genommen sein. Er war kein Kind mehr, Joachim schien auch weiter keinen Anstoß daran zu nehmen, sondern sich ohne Weinerlichkeit damit abzufinden, und wo nicht überall und unter welchen Umständen war in der Welt schon Weihnachten begangen worden!

Bei alldem schien es ihm etwas übereilt, vor dem ersten Advent von Weihnachten zu reden; es waren ja noch reichlich sechs Wochen bis dahin. Diese aber übersprang und verschlang man im Speisesaal, – ein inneres Verfahren, auf das Hans Castorp ja schon auf eigene Hand sich verstehen gelernt hatte, wenn er es auch noch nicht in so kühnem Stile zu üben gewöhnt war wie die älter eingesessenen Lebensgenossen. Solche Etappen im Jahreslauf, wie das Weihnachtsfest, schienen ihnen eben recht als Anhaltspunkte und Turngeräte, woran sich über leere Zwischenzeiten behende hinwegvoltigieren ließ. Sie hatten alle Fieber, ihr Stoffumsatz war erhöht, ihr Körperleben verstärkt und beschleunigt, – es mochte am Ende wohl damit zusammenhängen, daß sie die Zeit so rasch und massenhaft durchtrieben. Er hätte sich nicht gewundert, wenn sie Weihnachten schon als zurückgelegt betrachtet und gleich von Neujahr und Fastnacht gesprochen hätten. Aber so leichtlebig und ungesetzt war man mitnichten im Berghofspeisesaal. Bei Weihnachten machte man halt, es gab Anlaß zu Sorgen und Kopfzerbrechen. Man beriet über das gemeinsame Geschenk, das nach bestehender Anstaltsübung dem Chef, Hofrat Behrens, am heiligen Abend überreicht werden sollte, und für das eine allgemeine Sammlung eingeleitet war. Voriges Jahr hatte man einen Reisekoffer geschenkt, wie diejenigen überlieferten, die seit mehr als Jahresfrist hier waren. Man sprach für diesmal von einem neuen Operationstisch, einer Malstaffelei, einem Gehpelz, einem Schaukelstuhl, einem elfenbeinernen und irgendwie »eingelegten« Hörrohr, und Settembrini empfahl auf Befragen die Schenkung eines angeblich im Entstehen begriffenen lexikographischen Werkes, genannt »Soziologie der Leiden«; doch fiel ihm einzig ein Buchhändler bei, der seit kurzem am Tische der Kleefeld saß. Einigung hatte sich noch nicht ergeben wollen. Die Verständigung mit den russischen Gästen bot Schwierigkeiten. Die Sammlung spaltete sich. Die Moskowiter erklärten, Behrens auf eigene Hand beschenken zu wollen. Frau Stöhr zeigte sich tagelang in größter Unruhe wegen eines Geldbetrages, zehn Franken, die sie bei der Sammlung leichtsinnigerweise für Frau Iltis ausgelegt hatte, und die diese ihr zurückzuerstatten »vergaß«. Sie »vergaß« es, – die Betonungen, mit denen Frau Stöhr dies Wort versah, waren vielfach abgestuft und sämtlich darauf berechnet, den tiefsten Unglauben an eine Vergeßlichkeit zu bekunden, die allen Anspielungen und feinen Gedächtnisstachelungen, an denen es Frau Stöhr, wie sie versicherte, nicht fehlen ließ, Trotz bieten zu wollen schien. Mehrfach verzichtete Frau Stöhr und erklärte, der Iltis die schuldige Summe zu schenken. »Ich zahle also für mich und für sie,« sagte sie; »gut, nicht mein ist die Schande!« Endlich aber war sie auf einen Ausweg verfallen, von dem sie der Tischgesellschaft zu allgemeiner Heiterkeit Mitteilung machte: sie hatte sich die zehn Franken auf der »Verwaltung« auszahlen und der Iltis in Rechnung stellen lassen, – womit die träge Schuldnerin denn überlistet und wenigstens diese Sache ins gleiche gebracht war.

***

Kurz nach Weihnachten starb der Herrenreiter … Aber vorher spielte eben noch Weihnachten sich ab, diese beiden Festtage, oder, wenn man den Tag des heiligen Abends mitzählte, diese drei, denen Hans Castorp mit einigem Schrecken und der kopfschüttelnden Erwartung entgegengesehen hatte, wie sie sich hier wohl ausnehmen würden, und die dann, als natürliche Tage mit Morgen, Mittag, Abend und mittlerer Zufallswitterung (es taute etwas), auch nicht anders, als andere ihrer Gattung, heraufgekommen und verblichen waren: – äußerlich ein wenig geschmückt und ausgezeichnet, hatten sie während der ihnen zugemessenen Frist ihre Bewußtseinsherrschaft in den Köpfen und Herzen der Menschen geübt und waren unter Zurücklassung eines Niederschlages unalltäglicher Eindrücke zu naher und fernerer Vergangenheit geworden …

Der Sohn des Hofrates, Knut mit Namen, kam auf Ferienbesuch und wohnte bei seinem Vater im Seitenflügel, – ein hübscher, junger Mann, dem aber ebenfalls schon der Nacken etwas zu sehr heraustrat. Man spürte die Anwesenheit des jungen Behrens in der Atmosphäre; die Damen legten Lachlust, Putzsucht und Reizbarkeit an den Tag, und in ihren Gesprächen handelte es sich um Begegnungen mit Knut im Garten, im Walde oder im Kurhausviertel. Übrigens erhielt er selbst Besuch:

eine Anzahl seiner Universitätskameraden kam in das Tal herauf, sechs oder sieben Studenten, die im Orte wohnten, aber beim Hofrat die Mahlzeiten nahmen und, zum Trupp verbunden, mit ihrem Kommilitonen die Gegend durchstreiften. Hans Castorp mied sie. Er mied diese jungen Leute und wich ihnen mit Joachim aus, wenn es nötig war, unlustig, ihnen zu begegnen. Den Zugehörigen Derer hier oben trennte eine Welt von diesen Sängern, Wanderern und Stöckeschwingern, er wollte von ihnen nichts hören und wissen. Außerdem schienen die meisten von ihnen aus dem Norden zu stammen, womöglich waren Landsleute darunter, und Hans Castorp fühlte die größte Scheu vor Landsleuten, oft erwog er mit Widerwillen die Möglichkeit, daß irgendwelche Hamburger im »Berghof« eintreffen könnten, zumal Behrens gesagt hatte, diese Stadt stelle der Anstalt immer ein stattliches Kontingent. Vielleicht befanden sich welche unter den Schweren und Moribunden, die man nicht sah. Zu sehen war nur ein hohlwangiger Kaufmann, der seit ein paar Wochen am Tische der Iltis saß, und der aus Cuxhaven sein sollte. Hans Castorp freute sich im Hinblick auf ihn, daß man mit Nicht-Tischgenossen hierorts so schwer in Berührung kam, und ferner darüber, daß sein Heimatsgebiet groß und sphärenreich war. Die gleichgültige Anwesenheit dieses Kaufmanns entkräftete in hohem Grade die Besorgnisse, die er an das Vorkommen von Hamburgern hier oben geknüpft hatte.

Der heilige Abend also näherte sich, stand eines Tages vor der Tür und hatte am nächsten Tage Gegenwart gewonnen … Es waren noch reichlich sechs Wochen bis zu ihm gewesen, damals, als Hans Castorp sich gewundert hatte, daß man hier schon von Weihnachten sprach: so viel Zeit also noch, rechnerisch genommen, wie die ganze Dauer seines Aufenthalts nach ihrer ursprünglichen Veranschlagung, zusammen mit der Dauer seiner Bettlägrigkeit betragen hatte. Trotzdem war das damals eine große Menge Zeit gewesen, namentlich die erste Hälfte, wie es Hans Castorp nachträglich schien, – während die rechnerisch gleiche Menge jetzt sehr wenig bedeutete, beinahe nichts: die im Speisesaal, so fand er nun, hatten recht gehabt, sie so gering zu achten. Sechs Wochen, nicht einmal so viele also, wie die Woche Tage hatte: was war auch das in Anbetracht der weiteren Frage, was denn so eine Woche, so ein kleiner Rundlauf vom Montag zum Sonntag und wieder Montag war. Man brauchte nur immer nach Wert und Bedeutung der nächstkleineren Einheit zu fragen, um zu verstehen, daß bei der Summierung nicht viel herauskommen konnte, deren Wirkung überdies und zugleich ja auch eine sehr starke Verkürzung,

Verwischung, Schrumpfung und Zernichtung war. Was war ein Tag, gerechnet etwa von dem Augenblick an, wo man sich zum Mittagessen setzte, bis zu dem Wiedereintritt dieses Augenblicks in vierundzwanzig Stunden? Nichts, – obgleich es doch vierundzwanzig Stunden waren. Was war denn aber auch eine Stunde, verbracht etwa in der Liegekur, auf einem Spaziergang oder beim Essen, – womit die Möglichkeiten, diese Einheit zu verbringen, so gut wie erschöpft waren? Wiederum nichts. Aber die Summierung des Nichts war wenig ernst ihrer Natur nach. Am ernstesten wurde die Sache, wenn man ins Kleinste stieg: jene sieben mal sechzig Sekunden, während derer man das Thermometer zwischen den Lippen hielt, um die Kurve fortführen zu können, waren überaus zählebig und gewichtig; sie weiteten sich zu einer kleinen Ewigkeit, bildeten Einlagerungen von höchster Solidität in dem schattenhaften Huschen der großen Zeit …

Das Fest vermochte die Lebensordnung der Berghofbewohner kaum zu stören. Eine wohlgewachsene Tanne war schon einige Tage zuvor an der rechten Schmalseite des Speisesaals, beim Schlechten Russentisch, aufgerichtet worden, und ihr Duft, der durch den Brodem der reichen Gänge hindurch die Speisenden zuweilen berührte, rief etwas wie Nachdenklichkeit in den Augen einzelner Personen an den sieben Tischen hervor. Beim Abendessen des 24. Dezembers zeigte der Baum sich bunt geschmückt mit Lametta, Glaskugeln, vergoldeten Tannenzapfen, kleinen Äpfeln, die in Netzen hingen, und vielerlei Konfekt, und seine farbigen Wachskerzen brannten während der Mahlzeit und nachher. Auch in den Zimmern der Bettlägrigen, hieß es, brannten Bäumchen; jedes hatte das seine. Und die Paketpost war reich gewesen schon in den letzten Tagen. Auch Joachim Ziemßen und Hans Castorp hatten Sendungen aus der fernen und tiefen Heimat bekommen, sorglich verpackte Bescherungen, die sie in ihren Zimmern ausgebreitet hatten: sinnreiche Kleidungsstücke, Krawatten, Luxusgegenstände in Leder und Nickel, sowie viel Festgebäck, Nüsse, Äpfel und Marzipan, – Vorräte, die die Vettern mit zweifelnden Blicken betrachteten, indem sie sich fragten, wann hier je der Augenblick kommen werde, davon zu genießen. Schalleen hatte Hans Castorps Paket hergestellt, wie er wußte, und auch, nach sachlicher Besprechung mit den Onkeln, die Geschenke besorgt. Ein Brief von James Tienappel lag bei, auf dickem Privatpapier, doch in Maschinenschrift. Der Onkel übermittelte darin des Großonkels und seine eigenen Fest- und Genesungswünsche und fügte aus praktischen Gründen gleich die nächstens fälligen Neujahrsgratulationen hinzu, wie übrigens auch Hans Castorp verfahren war, als er rechtzeitig seinen Weihnachtsbrief nebst klinischem Rapport an Konsul Tienappel liegend aufgesetzt hatte.

Der Baum im Speisesaal brannte, knisterte, duftete und hielt in den Köpfen und Herzen das Bewußtsein der Stunde wach. Man hatte Toilette gemacht, die Herren trugen Gesellschaftsanzug, man sah an den Frauen Schmuckstücke, die ihnen von liebender Gattenhand aus den Ländern der Ebene gekommen sein mochten. Auch Clawdia Chauchat hatte den ortsüblichen Wollsweater gegen ein Salonkleid vertauscht, das aber einen Stich ins Willkürliche oder vielmehr ins Nationale hatte: es war ein helles, gesticktes Gürtelkostüm von bäuerlich-russischem, oder doch balkanischem, vielleicht bulgarischem Grundcharakter, mit kleinen Goldflittern besetzt, dessen Faltigkeit ihrer Erscheinung eine ungewohnt weiche Fülle verlieh und ausgezeichnet mit dem zusammenstimmte, was Settembrini ihre »tatarische Physiognomie«, insbesondere ihre »Steppenwolfslichter« zu nennen beliebte. Man war sehr heiter am Guten Russentisch; dort zuerst knallte der Champagner, der dann fast an allen Tischen getrunken wurde. An dem der Vettern war es die Großtante, die ihn für ihre Nichte und für Marusja bestellte, und sie traktierte alle damit. Das Menü war gewählt, es endete mit Käsegebäck und Bonbons; man schloß Kaffee an und Liköre, und dann und wann rief ein aufflammender Tannenzweig, der Löscharbeit forderte, eine schrille, übermäßige Panik hervor. Settembrini, gekleidet wie immer, saß gegen Ende des Festessens eine Weile mit seinem Zahnstocher am Tische der Vettern, hänselte Frau Stöhr und sprach dann einiges über den Tischlerssohn und Menschheits-Rabbi, dessen Geburtstag man heute fingiere. Ob jener wirklich gelebt habe, sei ungewiß. Was aber damals geboren worden sei und seinen bis heute ununterbrochenen Siegeslauf begonnen habe, das sei die Idee des Wertes der Einzelseele, zusammen mit der der Gleichheit gewesen, – mit einem Worte die individualistische Demokratie. In diesem Sinne leere er das Glas, das man ihm zugeschoben. Frau Stöhr fand seine Ausdrucksweise »equivok und gemütlos«. Sie erhob sich unter Protest, und da man ohnedies die Gesellschaftsräume aufzusuchen begonnen hatte, so folgten die Tischgenossen ihrem Beispiel.

Die Geselligkeit dieses Abends erhielt Gewicht und Leben durch die Überreichung der Geschenke an den Hofrat, der mit Knut und der Mylendonk auf eine halbe Stunde herüberkam. Die Handlung vollzog sich in dem Salon mit den optischen Scherzapparaten. Die Sondergabe der Russen bestand in etwas Silbernem, einem sehr großen, runden Teller, in dessen Mitte das Monogramm des Empfängers eingraviert war, und dessen vollkommene Unverwendbarkeit in die Augen sprang. Auf der Chaiselongue, die die übrigen Gäste gestiftet hatten, konnte man wenigstens liegen, obgleich sie noch ohne Decke und Kissen war, nur eben mit Tuch überzogen. Doch war ihr Kopfende verstellbar, und Behrens probierte ihre Bequemlichkeit, indem er sich, seinen nutzlosen Teller unter dem Arm, der Länge nach darauf ausstreckte, die Augen schloß und zu schnarchen begann wie ein Sägewerk, unter der Angabe, er sei Fafnir mit dem Hort. Der Jubel war allgemein. Auch Frau Chauchat lachte sehr über diese Aufführung, wobei ihre Augen sich zusammenzogen und ihr Mund offen stand, beides genau auf dieselbe Weise, so fand Hans Castorp, wie es bei Pribislav Hippe, wenn er lachte, der Fall gewesen war.

Gleich nach dem Abgange des Chefs setzte man sich an die Spieltische. Die russische Gesellschaft bezog, wie immer, den kleinen Salon. Einige Gäste umstanden im Saale den Weihnachtsbaum, sahen dem Erlöschen der Lichtstümpfchen in ihren kleinen Metallhülsen zu und naschten von dem Aufgehängten. An den Tischen, die schon für das erste Frühstück gedeckt waren, saßen vereinzelte Personen, weit voneinander entfernt, verschiedentlich aufgestützt, in getrenntem Schweigen.

Der erste Weihnachtstag war feucht und neblig. Es seien Wolken, sagte Behrens, in denen man sitze;

Nebel gäbe es nicht hier oben. Aber Wolken oder Nebel, auf jeden Fall war die Nässe empfindlich. Der liegende Schnee taute oberflächlich an, wurde porös und klebrig. Gesicht und Hände erstarrten im Kurdienst weit peinlicher als bei sonnigem Frost.

Der Tag war ausgezeichnet durch eine musikalische Veranstaltung am Abend, ein richtiges Konzert mit Stuhlreihen und gedruckten Programmen, das Denen hier oben vom Hause »Berghof« geboten wurde. Es war ein Liederabend, gegeben von einer am Orte ansässigen und Unterricht erteilenden Berufssängerin mit zwei Medaillen seitlich unter dem Ausschnitt ihres Ballkleides, Armen, die Stöcken glichen, und einer Stimme, deren eigentümliche Tonlosigkeit über die Gründe ihrer Ansiedelung hier oben betrübende Auskunft gab. Sie sang:

»Ich trage meine Minne
mit mir herum.«

Der Pianist, der sie begleitete, war ebenfalls ortsansässig ... Frau Chauchat saß in der ersten Reihe, benutzte jedoch die Pause, um sich zurückzuziehen, so daß Hans Castorp von da an der Musik (es war Musik unter allen Umständen) mit ruhigem Herzen lauschen konnte, indem er während des

Gesanges den Text der Lieder mitlas, der auf dem Programm gedruckt stand. Eine Weile saß Settembrini an seiner Seite, verschwand aber ebenfalls, nachdem er über den dumpfen bel canto der Ansässigen einiges Pralle, Plastische angemerkt und sein satirisches Behagen darüber ausgedrückt, daß man auch heute abend so treu und traulich unter sich sei. Die Wahrheit zu sagen, spürte Hans Castorp Erleichterung, als sie beide fort waren, die Schmaläugige und der Pädagog, und er in Freiheit den Liedern seine Aufmerksamkeit widmen konnte. Er fand es gut, daß in der ganzen Welt und noch unter den besondersten Umständen Musik gemacht wurde, wahrscheinlich sogar auf Polarexpeditionen.

Der zweite Weihnachtstag unterschied sich durch nichts mehr, als durch das leichte Bewußtsein seiner Gegenwart, von einem gewöhnlichen Sonn- oder auch nur Wochentag, und als er vorüber war, da lag das Weihnachtsfest im Vergangenen, – oder, ebenso richtig, es lag wieder in ferner Zukunft, in jahresferner: zwölf Monate waren nun wieder bis dahin, wo es sich im Kreislauf erneuern würde, – schließlich nur sieben Monate mehr, als Hans Castorp hier schon verbracht hatte.

2

Wilhelm Müller

Der stürmische Morgen

Wie hat der Sturm zerrissen
Des Himmels graues Kleid!
Die Wolkenfetzen flattern
Umher in mattem Streit.

Und rothe Feuerflammen
Ziehn zwischen ihnen hin.
Das nenn' ich einen Morgen
So recht nach meinem Sinn!

Mein Herz sieht an dem Himmel
Gemalt sein eignes Bild –
Es ist nichts als der Winter,
Der Winter kalt und wild!

3

Walter Benjamin

Wintermorgen

Die Fee, bei der er einen Wunsch frei hat, gibt es für jeden. Allein nur wenige wissen sich des Wunsches zu entsinnen, den sie taten; nur wenige erkennen darum später im eignen Leben die Erfüllung wieder. Ich weiß den, der mir in Erfüllung ging, und will nicht sagen, daß er klüger gewesen ist als der der Märchenkinder. Er bildete sich in mir mit der Lampe, wenn sie am frühen Wintermorgen um halb sieben sich meinem Bette näherte und den Schatten des Kindermädchens an die Decke warf. Im Ofen wurde Feuer angezündet. Bald sah die Flamme, wie in ein viel zu kleines Schubfach eingepfercht, wo sie vor Kohlen kaum sich rühren konnte, zu mir hin. Und doch war es ein so Gewaltiges, das dort in nächster Nähe, kleiner als ich selbst, sich einzurichten anfing, und zu dem die Magd sich tiefer bücken mußte als zu mir. Wenn es versorgt war, tat sie einen Apfel zum Braten in die Ofenröhre. Bald zeichnete sich das Gatter der Kamintür im roten Flackern auf der Diele ab. Und meiner Müdigkeit kam vor, sie habe an diesem Bilde für den Tag genug. So war es um diese Stunde immer; nur die Stimme des Kindermädchens störte den Vollzug, mit dem der Wintermorgen mich den Dingen in meinem Zimmer anzutrauen pflegte. Noch war die Jalousie nicht hochgezogen, da schob ich schon zum erstenmal den Riegel der Ofentür beiseite, um dem Apfel in seiner Röhre nachzuspüren. Manchmal hatte er sein Arom noch kaum verändert. Und dann geduldete ich mich, bis ich den schaumigen Duft zu wittern glaubte, der aus einer tieferen und verschwiegeneren Zelle des Wintertages kam als selbst der Duft des Baums am Weihnachtsabend. Da lag die dunkle, warme Frucht, der Apfel, der sich, vertraut und doch verändert wie ein guter Bekannter, der verreist war, bei mir einfand. Es war die Reise durch das dunkle Land der Ofenhitze, der er die Arome von allen Dingen abgewonnen hatte, welche der Tag mir in Bereitschaft hielt. Und darum war es auch nicht sonderbar, daß immer, wenn ich an seinen blanken Wangen meine Hände wärmte, ein Zögern mich beschlich, ihn anzubeißen. Ich spürte, daß die flüchtige Kunde, die er in seinem Dufte brachte, allzu leicht mir auf dem Wege über meine Zunge entkommen könne. Jene Kunde, die mich manchmal so beherzte, daß sie mich noch auf dem Marsch zur Schule tröstete. Dort angelangt, kam freilich bei Berührung mit meiner Bank die ganze Müdigkeit, die erst verflogen schien, verzehnfacht wieder. Und mit ihr jener Wunsch: ausschlafen zu können. Ich habe ihn wohl tausendmal getan und später ging er wirklich in Erfüllung. Doch lange dauerte es, bis ich sie darin erkannte, daß noch jedesmal die Hoffnung, die ich auf Stellung und ein sicheres Brot gehegt hatte, umsonst gewesen war.

4

Adalbert Stifter

Als der Winter hereinbrach

Als der Winter hereinbrach, war er so milde, wie ich mich nicht erinnere, je einen solchen in unserem Lande erlebt zu haben. Der Obrist und Margarita zogen im späten Herbste, da sonst lange schon Reife und Fröste auf unseren Wiesen gewesen waren, heuer aber noch immer eine milde Spätsonne herunter lächelte, in ihre Wohnung. Sie wendeten auf meinen Rat ebenfalls das Mittel der ausgeglühten Pottasche an; aber dieselbe zeigte, wenn sie eine Zeit in der Wohnung gestanden war, so wenig Zuwachs an Wasser, daß die äußeren Dikken der Mauern gewiß als vollkommen trocken angesehen werden konnten. Der Obrist ließ im Winter immer in seinen noch nicht fertigen Räumen ein wenig fortarbeiten.

Weil sich mit dem Eintritte der nasseren und trüberen Jahreszeit, wie immer, die Übel der Menschen vermehrten, so minderte sich meine freie Zeit, und ich konnte weniger in der Gesellschaft meiner Nachbarn sein. Einmal, da ich in der tiefen Nacht von dem Wege der Weiden herab ging, weil ich in dem Gehänge gewesen war, und da ich links von mir in dem dichten herabrieselnden Winterregen das Eichenhag nur undeutlich, wie einen schwarzen Dunst, sehen konnte, daneben aber deutlich und klar ein Licht glänzte, glaubte ich, es sei das von dem Zimmer des Obrists, wo er etwa mit Margarita sitze und lese oder sonst etwas Ähnliches tue. Deshalb beschloß ich, auf das Licht zuzugehen und ein wenig bei dem Obrist zu bleiben. Allein ich kam, da ich doch auf bekanntem Boden ging, in die Wiesen des Meierbacher, und dann gar in ein Gesumpfe, das nach meiner Meinung eigentlich nicht da sein sollte. Als ich mit jedem neuen Schritte immer mehr hinein gekommen wäre, kehrte ich um, damit ich den festen Boden wieder gewinne, den ich verlassen hatte. Ich begriff nun, daß ich von einem Irrlichte getäuscht worden war, und daß ich mich gar nicht da befinden müsse, wo ich glaubte. Solche Lichter entstanden manchmal in der Senkung, wie sie früher war, ehe sie der Obrist hatte reuten lassen, und sie wurden zu verschiedenen Zeiten gesehen. Sie wanderten da gleichsam bald an diesen Ort, bald an jenen, oder sie entstanden vom Ursprunge an bald hier, bald da. Plötzlich, wenn man auf eins recht hin schaute, war es gar nicht da, dann ging es an dem Gehege hinunter, wie eine Laterne, kam aber am Ende des Geheges nicht heraus, und konnte überhaupt nicht gesehen werden. Auf einmal stand es weit unten an den Eschen, als wartete es. Ich kenne derlei Lichter sehr wohl, weil ich oft in der Nacht herum gehen muß, wie die hiesigen Menschen nicht tun, sondern in ihren Häusern bleiben – in mancher feuchten Nacht des ersten Winters, des späten Herbstes, des schädlichen Märzen, oder nach Mitternacht im Sommer, wenn die weißen, sanften Streifen sich an den Wiesen ziehen. Als ich auf den Platz zurückgekommen war, an dem ich von meinem Wege weg auf die Wiese gegangen war, war es gleichwohl nicht derselbe Platz – es standen wohl die drei Föhren da, die früher da gestanden waren, aber es war nicht, als ob es dieselben drei Föhren wären, auch konnte ich mich nicht entsinnen, daß ich meines Weges genau geachtet hätte, da ich auf eine Kranke dachte, die mir sehr an dem Herzen lag. Ich hatte von meinem Großvater gelernt, dem es auch wieder ein alter Schwede sagte, der nach dem Kriege als erster Ansiedler in das Haslung gekommen war, daß man, wenn einem ein bekannter Weg anfange, wirrig und fremdet zu sein, sogleich umkehren und zurück gehen solle, bis alles wieder ein Ansehen gewinne, das man vollständig kenne; dann soll man ein wenig stehen bleiben, und dann den gewünschten Weg aufs neue einschlagen. Ich ging also von den drei Föhren an noch weiter zurück. Die dunklen Büsche, die sich in dem Regen duckten und an einander kauerten, gingen an mir vorüber, dann standen zerstreute Fichten, welche in schmalem Buschwerke von unten bis oben bewachsen sind, und ein schwarzer Zaun ging neben mir. Ich kannte alles nicht. Als ich an die Stelle zurück gekommen war, wo sich das Geleise von dem Wege trennen und gegen den Sillerwald hinüber gehen solle, war das Geleise gar nicht da. Ich ging also noch weiter zurück, und zu meiner Verwunderung führte es aufwärts. Plötzlich stand ich ganz oben auf der Schneide des Abhanges, und plötzlich erkannte ich, daß ich mich ja noch gar nicht unterhalb des Eichenhages befinde, wo man auf das Haus des Obrists hinüber sehen könne, sondern daß ich noch weit oberhalb desselben war, und zwar auf der Schneide des Gehänges der Weidebrüche, ich erkannte auch, daß das Irrlicht in der Senkung gestanden war, und daß ich in das Sumpfwasser derselben hinein gegangen sei. Das Irrlicht war aber während meines ganzen Rückweges, auf dem ich mich öfter umgeschaut hatte, nicht mehr sichtbar gewesen, sondern überall lag die gleichförmige schwarze Finsternis. Als ich noch auf dem Abhange stand und herum schaute, erzeugte sich ein etwas lichter Streifen an dem Himmel, und ich sah, daß das nicht das Hag gewesen sei, was ich dafür gehalten habe, sondern daß eine Herbstwolke an dem entfernten Dürrwalde gehangen und ihn wie einen näheren Waldklumpen gezaubert hatte.

Als ich noch immer schaute, stand plötzlich mein Irrlicht wieder weit von mir entfernt drüben – es stand in derselben Richtung, aber auf einem andern Grunde, nicht auf der Stelle, wo ich es früher gesehen hatte. Ich starrte recht deutlich in das Licht hinein. Und wie die lange, schlanke, weiße, ruhige Flamme drüben stand, oder auch wie ein feuriger Engel, der ein weißes Kleid an hat, und wie der hohe, finstere Wald dahinter stand, und wie die Nacht so leise fortregnete, und immer schwieg und finster war, und wie sich überall rings herum niemand befand als ich allein: war es fast schön anzusehen, wie es war. Weil ich nun das bekannte Ansehen der Gegend hatte, das mein Großvater und der Schwede verlangen, trat ich meinen gewünschten Weg wieder an. Ich ging den Pfad, der neben dem schwarzen Zaune lag, hinunter – jetzt kannte ich ihn recht wohl – die dunklen Büsche, die sich früher verstellt hatten, waren mir auch sehr bekannt, und ich hatte sie früher oft gesehen. Ich ging des Weges nach einander dahin. Und wie ich neben den Schlehenbüschen war, die wie ein schwarzer, kriechender Zug fort wanderten, und wie die Erlen, die von meinem Wege links standen, durch das Licht gingen, ich aber an das Fieber der Maria Hartens dachte, das mir stets in dem Sinne und in dem Herzen war: duckte das Lichtlein einmal ganz leicht nieder, und war verschwunden. Es kam auch gar nicht wieder zum Vorscheine. Ich ging des Weges vollends hinab, und wie sich das wirkliche Eichenhag, das ich nun sah, um mich hinüber schob, kamen erst die wahren Lichter von dem Hause des Obrists zur Erscheinung – sie standen in einer Reihe recht klar, recht vernehmlich und recht freundlich da. Ich ging aber nicht mehr hinüber, weil ich auch sehr beschmutzt war, sondern ich ging sofort in mein Haus hinunter, und las in derselben Nacht noch recht lange in vielen meiner Bücher wegen der armen Maria.

So hatte ich oft verschiedene Zufälle auf meinen Wanderungen.

Als der Winter weiter vorrückte und der Schnee schon eingefallen war, ging ich öfter, wenn ich erst spät nach Hause kam, wie es bei der Jahreszeit fast täglich der Fall war, noch im Abende oder in der Dunkelheit der Nacht in das Haghaus hinauf. Der Obrist hatte in das Bücherzimmer eine sehr große Heize machen lassen, darin man die Scheite, welche hinein getan wurden, durch ein feines Gitter hindurch lodern sehen konnte. Auch hat er Geräte von denen, welche angekommen waren, hinein gestellt, daß man auf ihnen herumsitzen und den Schein des Feuers auf dem Fußboden anschauen konnte. Wenn dann die große Lampe kam, die, auf den Tisch gestellt, das ganze Gemach mit Licht erfüllte, sahen wir Schriften an, wovon der Obrist manche aus verschiedenen alten und merkwürdigen Zeiten hat, oder Bücher, in denen etwas gelesen wurde, oder wir saßen bloß vergnügt in der so freundlichen Stube und redeten von den verschiedensten Dingen der Welt. Und wenn ich dann nach Hause ging und ein Gestöber war, oder die weiche Schneefläche vor mir lag, die in der trübsten Nacht einen feinen Schimmer gab, begleiteten mich gerne die zwei Wolfshunde, sie gingen oft bis an den Hügel mit, auf welchem die Eschen stehen, und liefen dann zurück, daß es im Schnee stäubte und ich, wie ich nach meinem Hause hinunter ging, noch manchen einzelnen Laut von ihrem Jauchzen vernehmen konnte.

Im Winter kamen auch Verschläge an, in denen Bilder waren, welche der Obrist in verschiedenen Zeiten seines früheren Lebens erworben hatte. Wenn ich dann an einem schönen, klaren Wintertage hinauf kam, zeigte er mir sie, lehrte sie mich kennen und ihre Vollkommenheiten empfinden. Einige sehr schöne hing Margarita in ihren Zimmern auf, die anderen wurden in den Zimmern des Obrists an verschiedenen Stellen, die er recht sorgfältig auswählte und prüfte, aufgemacht. Ich habe nie so schöne Dinge gesehen, oder ich habe sie in den früheren Zeiten meines Lebens nicht erkannt.

5

Annette von Droste-Hülshoff

Am Weiher

Ein milder Wintertag

An jenes Waldes Enden,
Wo still der Weiher liegt
Und längs den Fichtenwänden
Sich lind Gemurmel wiegt;

Wo in der Sonnenhelle,
So matt und kalt sie ist,
Doch immerfort die Welle
Das Ufer flimmernd küßt:

Da weiß ich, schön zum Malen,
Noch eine schmale Schlucht,
Wo all die kleinen Strahlen
Sich fangen in der Bucht.

Ein trocken, windstill Eckchen
Und so an Grüne reich,
Daß auf dem ganzen Fleckchen
Mich kränkt kein dürrer Zweig.

Will ich den Mantel dichte
Nun legen übers Moos,
Mich lehnen an die Fichte
Und dann auf meinen Schoß

Gezweig' und Kräuter breiten,
So gut ich's finden mag:
Wer will mir's übel deuten,
Spiel ich den Sommertag?

Will nicht die Grille hallen,
So säuselt doch das Ried;
Sind stumm die Nachtigallen,
So sing' ich selbst ein Lied.

Und hat Natur zum Feste
Nur wenig dargebracht:
Die Luft ist stets die beste,
Die man sich selber macht.

6

Joachim Ringelnatz

Draußen schneit's

Wir hatten ein Schaukelpferd vorher gekauft.
Aber nachher kam gar kein Kind.
Darum hatten wir damals das Pferd dann Bubi
getauft. –

Weil nun die Holzpreise so unerschwinglich sind;
Und ich nun doch schon seit Donnerstag
Nicht mehr angestellt bin, weil ich nicht mehr
mag;
Haben wir's eingeteilt. Und zwar:
Die Schaukel selbst für November,
Kopf und Beine Dezember,
Rumpf mit Sattel für Januar.

Ich gehe nie wieder in die Fabrik,
Ich habe das Regelmäßige dick.
Da geht das Künstlerische darüber abhanden.
Wenn die auch jede Woche bezahlen,
Aber nur immer Girlanden und wieder
Girlanden
Auf Spucknäpfe malen,
Die sich die Leute doch nie begucken,

Im Gegenteil noch drauf spucken, –
Das bringt ja ein Pferd auf den Hund.

Als freier Künstler kann ich bis mittags liegen
Bleiben. – Na und die Frau ist gesund.
Es wird sich schon was finden, um Geld beizukriegen.
Anna und ich haben vorläufig nun
Erst mal genug mit dem Bubi zu tun.
Rumpf zersägen, Beine rausdrehn,
Nägel rausreißen, Fell abschälen.
Darüber können Wochen vergehn.
Das will auch gelernt und verstanden sein,
Sonst kann man sich daran zu Tode quälen.
Solches Holz ist härter als Stein.
Dann spalten und Späne zum Anzünden schneiden
Und tausenderlei.
Aber das tut uns gut, uns beiden,
Sich mal so körperlich auszuschwitzen.

Außerdem kann man ja dabei
Ganz bequem auf dem Sofa sitzen;
Raucht seine Pfeife, trinkt seinen Tee,
Und vor allem: Man ist eben frei!
Man hat sein eigenes Atelier.
Man hat seinen eigenen Herd;
Da wird ein Feuerchen angemacht –

Mit Bubipferd –,
Daß die Esse kracht.
Und die Anna singt und die Anna lacht.
Da können wir nach Belieben
Die Arbeit auf später verschieben.

Denn wenn man das Gas uns sperren läßt
Oder kein Bier ohne Bargeld mehr gibt,
Dann kriechen wir gleich nach Mittag ins Nest
Und schlafen, solange es uns beliebt.

Freilich: Der feste Lohn fällt nun fort,
Aber die Freiheit ist auch was wert.
Und das mit dem Schaukelpferd
Ist jetzt unser Wintersport.

7

Kurt Tucholsky

Gefühle nach dem Kalender

Eigentlich ist es ja ein bißchen merkwürdig: wenn nur noch wenige dünne Kalenderblätter den Abreißer vom 24. Dezember trennen, so senkt sich jenes weihnachtliche Gefühl auf ihn hernieder, das ihr alle kennt. Er wird ein bißchen weich, er wird ein wenig träumerisch, und wenn der ganze Apparat des Einkaufs vorbeigeklappert ist, wenn all das Tosen und Wirken vorüber ist, dann saugt er doch an seiner Weihnachtszigarre und denkt sich dies und das und allerlei. Aber wie denn? Kann man denn seine Gefühle kommandieren –? Kann man denn – nach dem Kalender – seine Empfindungen regeln?

Man kanns nicht. Der Schnurriker Mynona erzählt einmal die Geschichte vom Schauspieler Nesselgrün, dem es plötzlich einfiel, sein ihm zustehendes Weihnachten im August zu feiern – und unter unendlichem Hallo geht denn diese deplacierte Festlichkeit auch vor sich. Aber wir haben doch gelacht, als wir das lasen. Könnten wir andern das auch? Es ist wohl nicht nur die Furcht, uns lächerlich zu machen – es muß noch etwas anderes sein.

Der Grund, daß wir wirklich – jeden Weihnachten – in jedem Jahr – immer aufs neue imstande sind, genau um den 25. Dezember herum die gleichen starken Gefühle zu hegen, liegt doch wohl darin, daß sie sich angesammelt haben. Es muß doch irgend etwas da sein, das tropfenweise anschwillt, das ganze Jahr hindurch.

Schließlich ist doch der Kalender etwas ganz Äußerliches, Relatives, wir sind in gewisser Hinsicht mit ihm verwachsen – aber die Zeit ist nicht in uns, wir sind in der Zeit. Und das kleine Blättchen, das den Vierundzwanzigsten anzeigt, ist kein Grund, es ist ein Signal und ein Anlaß.

Ich habe immer das Gefühl, als ob wir jede Woche im Jahr weihnachtliche Empfindungen genug aufbrächten – aber gute Kaufleute, die wir sind, legen wir sie ›in kleinen Posten‹ zurück, bis es sich einmal lohnt. Im Dezember ist dann das Maß meist voll.

Ist es nicht schließlich mit jedem Gedenktag so –? Warum sollen wir gerade am neunzehnten an sie denken, und warum nicht einen Tag später –? ›Heute vor einem Jahr – –‹ ach Gott, entweder wir empfinden immer, daß sie auf der Welt ist – oder wir empfindens am neunzehnten auch nur konventionell. Gefühle nach dem Kalender –: das geht nur, wenn der Kalender sie ins Rollen bringt.

Gefühle nach dem Kalender … Wir haben alle

nur keine Zeit, um gut zu sein, wie? Wir haben nur alle keine Zeit. Und müssen tausend- und tausendmal herunterschlucken und herunterdrücken und sind vielleicht im Grunde alle froh, allweihnachtlich einen Anlaß gefunden zu haben, den gestauten Sentiments freien Lauf zu lassen. Wer erst nach dem Kalenderblatt sieht, sich vor den Kopf schlägt und »Ach, richtig!« ruft – dem ist nicht zu helfen.

Vielleicht hat diese neue – ehemals große – Zeit manches am deutschen Weihnachtsfeste geändert. Ich weiß nicht, obs innerlicher geworden ist. Es täte uns so not – nicht aus Gründen der Religion, die jedermanns Privatsache ist – sondern aus Gründen der Kultur. Diesem Volk schlägt ein Herz, aber es liegen so viel Kompressen darauf …

Reißt sie ab. Wagt einmal (was besonders dem Norddeutschen schwer und sauer fällt), wagt einmal, geradeaus zu empfinden. Und wenn euch das Fest nach all dem, was geschehen ist, doppelt lieb, aber doppelt schwierig erscheint, dann denkt daran, wie ihr es im Feld gefeiert habt, und wo – und denkt daran, wie es ein Halt gewesen ist gegen die Lasten des äußern und innern Feindes, und wie schon das Datum, wie schon der Kalender Trost war in verdammt schwarzen Tagen. Und – weil wir hier gerade alle versammelt sind – denkt schließlich und zu guter Letzt – auch an etwas anderes.

Nach dem Kalender fühlen … Aber habt ihr einmal geliebt …? Die Damen sehen in ihren Schoß, und die Herren lächeln so unmerklich, daß ich von meiner Kanzel her Mühe habe, es zu erkennen. Also ihr habt geliebt, und ihr – ich sehe keinen an – liebt noch. Nun, ihr Herren, und wenn sie Geburtstag hat? Nun, ihr Herren, und wenn der Tag auf dem Kalender steht, an dem ihr sie zum erstenmal geküßt habt –? Nun?

Ihr feiert das. Was im ganzen Jahr künstlich oder zufällig zurückgedämmt war – es bricht – wenns eine richtige Liebe ist – elementar an solchem Tage hervor aus tiefen Quellen. Der Tag, dieser dumme Tag, der doch gleich allen anderen sein sollte, ist geheiligt und festlich und feierlich und freundlich – und ihr denkt und fühlt: sie – und nur sie. Nach dem Kalender …?

Nicht nach dem Kalender. Ihr tragt alle den Kalender in euch. Es ist ja nicht das Datum oder die bewußte Empfindung, heute müsse man nun … Es ist, wenn ihr überhaupt wißt, was ein Festtag ist, was Weihnachten ist: euer Herz.

Laßt uns einmal von dem Festtags-›Rummel‹ absehen, der in einer großen Stadt unvermeidlich ist. Laßt uns einmal daran denken, wie Weihnachten gefeiert werden kann, unter wenigen Menschen, die sich verstehen: Das ist kein Ansichtskarten-Weihnachten. Das ist nicht das Weihnachten des vierundzwanzigsten Dezembers allein – es ist das Weihnachten der Seele. Gibt es das –?

Es soll es geben. Und gibt es auch, wenn ihr nur wollt. Grüßt, ihr Herren, die Damen, küßt ihnen leise die Hand (bitte in meinem Auftrag) und sagt ihnen, man könne sogar seine Gefühle nach dem Kalender regeln: zum Geburtstag, zum Gedenktag – und zu Weihnachten.

Aber man muß welche haben.

8

Rainer Maria Rilke

Advent

Es treibt der Wind im Winterwalde
die Flockenherde wie ein Hirt,
und manche Tanne ahnt, wie balde
sie fromm und lichterheilig wird;
und lauscht hinaus. Den weißen Wegen
streckt sie die Zweige hin – bereit,
und wehrt dem Wind und wächst entgegen
der einen Nacht der Herrlichkeit.

9

Hans Christian Andersen

Das kleine Mädchen mit den Schwefelhölzern

Es war ganz grausam kalt; es schneite und es begann dunkler Abend zu werden; es war auch der letzte Abend im Jahre, Silvesterabend. In dieser Kälte und in diesem Dunkel ging auf der Straße ein kleines, armes Mädchen mit bloßem Kopf und nackten Füßen. Ja, sie hatte ja freilich Pantoffeln angehabt, als sie von zu Hause wegging, aber was konnte das helfen! Es waren sehr große Pantoffeln, ihre Mutter hatte sie zuletzt benützt, so groß waren sie, und die verlor die Kleine, als sie über die Straße eilte, weil zwei Wagen so schrecklich schnell vorbeifuhren. Der eine Pantoffel war nicht zu finden, und mit dem andern lief ein Junge davon; er sagte, daß er ihn als Wiege benützen könne, wenn er selbst Kinder bekomme.

Da ging nun das kleine Mädchen auf den kleinen, nackten Füßen, die rot und blau vor Kälte waren; in einer alten Schürze trug sie eine Menge Schwefelhölzer, und mit einem Bund in der Hand ging sie dahin. Keiner hatte ihr während des ganzen Tages etwas abgekauft, keiner ihr einen kleinen Schilling gegeben; hungrig und verfroren ging sie dahin und sah so verschüchtert aus, das arme kleine Wurm! Die Schneeflocken fielen in ihre langen, blonden Haare, die sich so schön um den Nacken lockten; – aber an die Pracht dachte sie freilich nicht. Aus allen Fenstern leuchteten Lichte; und dann roch es da in der Straße so herrlich nach Gänsebraten; es war ja Neujahrsabend, – ja, daran dachte sie.

Hinten in einer Ecke zwischen zwei Häusern, das eine sprang ein wenig mehr in die Straße vor als das andere, da setzte sie sich hin und kauerte sich zusammen. Die kleinen Beine hatte sie hinaufgezogen unter sich, aber sie fror noch mehr und heimgehen durfte sie nicht, sie hatte ja keine Schwefelhölzer verkauft, keinen einzigen Schilling bekommen, ihr Vater würde sie schlagen. Und kalt war es auch daheim, sie hatten nur grade das Dach über sich, und da pfiff der Wind herein, obschon Stroh und Lumpen in die größten Spalten gestopft waren. Ihre kleinen Hände waren beinahe ganz tot vor Kälte. Ach, ein kleines Schwefelholz konnte gut tun! Hätte sie nur gewagt, eines aus dem Bund zu ziehen, es an der Wand anzustreichen und die Finger daran zu wärmen! Sie zog eines heraus. »Ritsch!« wie das sprühte, wie es brannte! Es war eine warme klare Flamme wie eine kleine Kerze, als sie die Hand darum hielt; es war ein wunderbares Licht! Dem kleinen Mädchen schien es, als säße sie vor einem großen Eisenofen mit blanken Messingkugeln und Messingtrommel; das Feuer brannte so herrlich, wärmte so gut; nein, was war das! – Die Kleine streckte schon die Füße aus; um auch diese zu wärmen, – da erlosch die Flamme. Der Ofen verschwand, sie saß mit einem kleinen Stumpf eines abgebrannten Schwefelholzes in der Hand.

Ein neues wurde angesteckt, es brannte, es leuchtete, und wie der Schein auf die Mauer fiel, wurde sie durchsichtig wie ein Schleier; sie sah ganz bis in die Stube hinein, wo der Tisch mit einem schimmernden weißen Tuch gedeckt stand mit seinem Porzellan, und herrlich dampfte die gebratene Gans, die mit Pflaumen und Äpfeln gefüllt war; und was noch prächtiger war, die Gans sprang von der Schüssel, wackelte über den Boden mit Gabel und Messer im Rücken, ganz hin zu dem armen Mädchen kam sie; da erlosch das Schwefelholz, und es war nur die dicke, kalte Mauer zu sehen.

Sie zündete ein neues an. Da saß sie unter dem herrlichsten Weihnachtsbaum, der war noch größer und noch mehr geputzt als der, den sie am letzten Weihnachtsabend durch die Glastüre bei dem reichen Kaufmann gesehen hatte. Tausend Lichte brannten an den grünen Zweigen, und bunte Bilder wie die, die die Ladenfenster schmückten, sahen auf sie herab. Die Kleine streckte beide Hände hoch, – da erlosch das Schwefelholz. Die vielen Weihnachtslichter stiegen höher und höher, sie sah, es waren nur die klaren Sterne, einer von ihnen fiel und bildete einen langen Feuerstreifen am Himmel.

»Nun stirbt da jemand!« sagte die Kleine, denn die alte Großmutter, die die Einzige war, die gut zu ihr gewesen, aber jetzt tot war, hatte gesagt: Wenn ein Stern fällt, steigt eine Seele empor zu Gott!

Sie strich wieder ein Schwefelholz an die Mauer, es leuchtete im Umkreis, und in dem Glanz stand die alte Großmutter, so hell, so leuchtend, so mild und gesegnet.

»Großmutter!« rief die Kleine, »oh, nimm mich mit! Ich weiß, du bist fort, wenn das Schwefelholz ausgeht, fort, wie der warme Ofen, der herrliche Gänsebraten und der große, prachtvolle Weihnachtsbaum!« – Und sie strich in Eile den ganzen Rest Schwefelhölzer an, die im Bund waren, sie wollte die Großmutter recht festhalten; und die Schwefelhölzer leuchteten mit einem solchen Glanz, daß es heller war als am lichten Tag. Großmutter war früher niemals so schön gewesen, so groß; sie hob das kleine Mädchen auf ihren Arm, und sie flogen in Glanz und Freude so hoch, so hoch! Und da war keine Kälte, kein Hunger, keine Angst – sie waren bei Gott!

Aber in der Ecke beim Hause saß in der kalten Morgenstunde das kleine Mädchen mit roten Wangen, mit einem Lächeln um den Mund – tot, erfroren am letzten Abend des alten Jahres. Der Neujahrsmorgen ging auf über der kleinen Leiche, die mit Schwefelhölzern dasaß, von denen ein Bund fast abgebrannt war. Sie hat sich wärmen wollen, sagte man; niemand wußte, was sie Schönes gesehen, in welchem Glanz sie mit der alten Großmutter zur Neujahrsfreude eingegangen war!

10

Gottfried Keller

Weihnachtsmarkt

Welch lustiger Wald um das graue Schloß
Hat sich zusammen gefunden,
Ein grünes bewegliches Nadelgehölz,
Von keiner Wurzel gebunden!

Anstatt der warmen Sonne scheint
Das Rauschgold durch die Wipfel;
Hier backt man Kuchen, dort brät man Wurst,
Das Räuchlein zieht um die Gipfel.

Es ist ein fröhlich Leben im Wald,
Das Volk erfüllet die Räume;
Die nie mit Tränen ein Reis gepflanzt,
Die fällen am frohsten die Bäume.

Der eine kauft ein bescheidnes Gewächs
Zu überreichen Geschenken,
Der andre einen gewaltigen Strauch,
Drei Nüsse daran zu henken.

Dort feilscht um ein verkrüppeltes Reis
Ein Weib mit scharfen Waffen:

Der dünne Silberling soll zugleich
Den Baum und die Früchte verschaffen!

Mit glühender Nase schleppt der Lakai
Die schwere Tanne von hinnen,
Das Zöfchen trägt ein Leiterchen nach,
Zu ersteigen die grünen Zinnen.

Und kommt die Nacht, so singt der Wald
Und wiegt sich im Gaslichtscheine;
Bang führt die arme Mutter ihr Kind
Vorüber dem Zauberhaine.

Einst sah ich einen Weihnachtsbaum:
Im düstern Bergesbanne
Stand eisbezuckert auf dem Granit
Die alte Wettertanne.

Und zwischen den Ästen waren schön
Die Sterne aufgegangen,
Am untersten Ast sah ich entsetzt
Die alte Schmidtin hangen.

Hell schien der Mond ihr ins Gesicht,
Das festlich still verkläret;
Weil sie auf der Welt sonst nichts besaß,
Hatte sie sich selbst bescheret.

11

Theodor Fontane

Alles still!

Alles still! dem Auge zeigen,
Schneebedeckt, sich Wald und Flur,
Und darüber thront das Schweigen,
Und der Sternenhimmel nur.

Alles still! vergeblich lauschet
Man der Dohle heisrem Schrei,
Keiner Fichte Wipfel rauschet,
Und kein Bächlein summt vorbei.

Alles still! die fernen Hütten
Sind wie Gräber anzusehn,
Die, von Schnee bedeckt, inmitten
Eines schlichten Friedhofs stehn.

Alles still! und ach, dem Schweigen
Schaut mein Herz wie neidisch zu;
Würde bald auch ihm zu eigen
Solche tiefe, tiefe Ruh.

12

Joachim Ringelnatz

Stille Winterstraße

Es heben sich vernebelt braun
Die Berge aus dem klaren Weiß,
Und aus dem Weiß ragt braun ein Zaun,
Steht eine Stange wie ein Steiß.

Ein Rabe fliegt, so schwarz und scharf
Wie ihn kein Maler malen darf,
Wenn er's nicht etwa kann.
Ich stapse einsam durch den Schnee.
Vielleicht steht links im Busch ein Reh
Und denkt: Dort geht ein Mann.

13

Hans Fallada

Lüttenweihnachten

Tüchtig neblig heute«, sagte am 20. Dezember der Bauer Gierke ziellos über den Frühstückstisch hin. Es war eigentlich eine ziemlich sinnlose Bemerkung, jeder wußte auch so, daß Nebel war, denn der Leuchtturm von Arkona heulte schon die ganze Nacht mit seinem Nebelhorn wie ein Gespenst, das das Ängsten kriegt.

Wenn der Vater die Bemerkung trotzdem machte, so konnte sie nur eines bedeuten. »Neblig –?« fragte gedehnt sein dreizehnjähriger Sohn Friedrich.

»Verlauf dich bloß nicht auf deinem Schulwege«, sagte Gierke und lachte.

Und nun wußte Friedrich genug, und auf seinem Zimmer steckte er schnell die Schulbücher aus dem Ranzen in die Kommode, lief in den Stellmacherschuppen und »borgte« sich eine kleine Axt und eine Handsäge. Dabei überlegte er: Den Franz von Gäbels nehm' ich nicht mit, der kriegt Angst vor dem Rotvoß. Aber Schöns Alwert und die Frieda Benthin. Also los!

Wenn es für die Menschen Weihnachten gibt, so muß es das Fest auch für die Tiere geben. Wenn für uns ein Baum brennt, warum nicht für Pferde und Kühe, die doch das ganze Jahr unsere Gefährten sind? In Baumgarten jedenfalls feiern die Kinder vor dem Weihnachtsfest Lüttenweihnachten für die Tiere, und daß es ein verbotenes Fest ist, von dem der Lehrer Beckmann nichts wissen darf, erhöht seinen Reiz. Nun hat der Lehrer Beckmann nicht nur körperlich einen Buckel, sondern er kann auch sehr bösartig werden, wenn seine Schüler etwas tun, was sie nicht sollen. Darum ist Vaters Wink mit dem nebligen Tag eine Sicherheit, daß das Schulschwänzen heute jedenfalls von ihm nicht allzu tragisch genommen wird.

Schule aber muß geschwänzt werden, denn wo bekommt man einen Weihnachtsbaum her? Den muß man aus dem Staatsforst an der See oben stehlen, das gehört zu Lüttenweihnachten. Und weil man beim Stehlen erwischt werden kann und weil der Förster Rotvoß ein schlimmer Mann ist, darum muß der Tag neblig sein, sonst ist es zu gefährlich. Wie Rotvoß wirklich heißt, das wissen die Kinder nicht, aber er ist der Förster und hat einen fuchsroten Vollbart, darum heißt er Rotvoß.

Von ihm reden sie, als sie alle drei etwas aufgeregt über die Feldraine der See entgegenlaufen. Schöns Alwert weiß von einem Knecht, den hat Rotvoß an einen Baum gebunden und so lange mit der gestohlenen Fichte geschlagen, bis keine

Nadeln mehr daran saßen. Und Frieda weiß bestimmt, daß er zwei Mädchen einen ganzen Tag lang im Holzschauer eingesperrt hat, erst als Heiligenabend vorbei war, ließ er sie wieder laufen.

Sicher ist, sie gehen zu einem großen Abenteuer, und daß der Nebel so dick ist, daß man keine drei Meter weit sehen kann, macht alles noch viel geheimnisvoller. Zuerst ist es ja sehr einfach: die Raine auf der Baumgartener Feldmark kennen sie: das ist Rothspracks Winterweizen, und dies ist die Lehmkuhle, aus der Müller Timm sein Vieh sommers tränkt.

Aber sie laufen weiter, immer weiter, sieben Kilometer sind es gut bis an die See, und nun fragt es sich, ob sie sich auch nicht verlaufen im Nebel. Da ist nun dieser Leuchtturm von Arkona, er heult mit seiner Sirene, daß es ein Grausen ist, aber es ist so seltsam, genau kriegt man nicht weg, von wo er heult. Manchmal bleiben sie stehen und lauschen. Sie beraten lange, und wie sie weitergehen, fassen sie sich an den Händen, die Frieda in der Mitte. Das Land ist so seltsam still, wenn sie dicht an einer Weide vorbeikommen, verliert sie sich nach oben ganz in Rauch. Es tropft sachte von ihren Ästen, tausend Tropfen sitzen überall, nein, die See kann man noch nicht hören. Vielleicht ist sie ganz glatt, man weiß es nicht, heute ist Windstille.

Plötzlich bellt ein Hund in der Nähe, sie stehen

still, und als sie dann zehn Schritte weitergehen, stoßen sie an eine Scheunenwand. Wo sie hingeraten sind, machen sie aus, als sie um eine Ecke spähen. Das ist Nagels Hof, sie erkennen ihn an den bunten Glaskugeln im Garten.

Sie sind zu weit rechts, sie laufen direkt auf den Leuchtturm zu, und dahin dürfen sie nicht, da ist kein Wald, da ist nur die steile, kahle Kreideküste. Sie stehen noch eine Weile vor dem Haus, auf dem Hof klappert einer mit Eimern, und ein Knecht pfeift im Stall: es ist so heimlich! Kein Mensch kann sie sehen, das große Haus vor ihnen ist ja nur wie ein Schattenriß.

Sie laufen weiter, immer nach links, denn nun müssen sie auch vermeiden, zum alten Schulhaus zu kommen – das wäre so schlimm! Das alte Schulhaus ist gar kein Schulhaus mehr, was soll hier in der Gegend ein Schulhaus, wo keine Menschen leben – nur die paar weit verstreuten Höfe … Das Schulhaus besteht nur aus 'runtergebrannten Grundmauern, längst verwachsen, verfallen, aber im Sommer blüht hier herrlicher Flieder. Nur, daß ihn keiner pflückt. Denn dies ist ein böser Platz, der letzte Schullehrer hat das Haus abgebrannt und sich aufgehängt. Friedrich Gierke will es nicht wahrhaben, sein Vater hat gesagt, das ist Quatsch, ein Altenteilhaus ist es mal gewesen. Und es ist gar nicht abgebrannt, sondern es hat leergestanden, bis es verfiel. Darüber geraten die Kinder in großen Streit.

Ja, und das nächste, dem sie nun begegnen, ist gerade dies alte Haus. Mitten in ihrer Streiterei laufen sie gerade darauf zu! Ein Wunder ist es in diesem Nebel. Die Jungens können's nicht lassen, drinnen ein bißchen zu stöbern, sie suchen etwas Verbranntes. Frieda steht abseits auf dem Feldrain und lockt mit ihrer hellen Stimme. Ganz nah, wie schräg über ihnen, heult der Turm, es ist schlimm anzuhören. Es setzt so langsam ein und schwillt und schwillt, und man denkt, der Ton kann gar nicht mehr voller werden, aber er nimmt immer mehr zu, bis das Herz sich ängstigt und der Atem nicht mehr will –: »Man darf nicht so hinhören …«

Jetzt sind es höchstens noch zwanzig Minuten bis zum Wald. Alwert weiß sogar, was sie hier finden: erst einen Streifen hoher Kiefern, dann Fichten, große und kleine, eine ganze Wildnis, gerade, was sie brauchen, und dann kommen die Dünen, und dann die See. Ja, nun beraten sie, während sie über einen Sturzacker wandern: erst der Baum oder erst die See? Klüger ist es, erst an die See, denn wenn sie mit dem Baum länger umherlaufen, kann sie Rotvoß doch erwischen, trotz des Nebels. Sind sie ohne Baum, kann er ihnen nichts sagen, obwohl er zu fragen fertigbringt, was Friedrich in seinem Ranzen hat. Also erst See, dann Baum.

Plötzlich sind sie im Wald. Erst dachten sie, es sei nur ein Grasstreifen hinter dem Sturzacker, und dann waren sie schon zwischen den Bäumen, und die standen enger und enger. Richtung? Ja, nun hört man *doch* das Meer, es donnert nicht gerade, aber gestern ist Wind gewesen, es wird eine starke Dünung sein, auf die sie zulaufen.

Und nun seht, das ist nun doch der richtige Baum, den sie brauchen, eine Fichte, eben gewachsen, unten breit, ein Ast wie der andere, jedes Ende gesund – und oben so schlank, eine Spitze so hell, in diesem Jahre getrieben. Kein Gedanke, diesen Baum stehenzulassen, so einen finden sie nie wieder. Ach, sie sägen ihn ruchlos ab, sie bekommen ein schönes Lüttenweihnachten, das herrlichste im Dorf, und Posten stellen sie auch nicht aus. Warum soll Rotvoß grade hierherkommen? Der Waldstreifen ist über zwanzig Kilometer lang. Sie binden die Äste schön an den Stamm, und dann essen sie ihr Brot, und dann laden sie den Baum auf, und dann laufen sie weiter zum Meer.

Zum Meer muß man doch, wenn man ein Küstenmensch ist, selbst mit solchem Baum. Anderes Meer haben sie näher am Hof, aber das sind nur Bodden und Wieks. Dies hier ist richtiges Außenmeer, hier kommen die Wellen von weit, weit her, von Finnland oder von Schweden oder auch von Dänemark. Richtige Wellen …

Also, sie laufen aus dem Wald über die Dünen.

Und nun stehen sie still.

Nein, das ist nicht mehr die Brandung allein, das ist ein seltsamer Laut, ein wehklagendes Schreien, ein endloses Flehen, tausendstimmig. Was ist es? Sie stehen und lauschen.

»Jung, Manning, das sind Gespenster!«

»Das sind die Ertrunkenen, die man nicht begraben hat.«

»Kommt, schnell nach Haus!«

Und darüber heult die Nebelsirene.

Seht, es sind kleine Menschentiere, Bauernkinder, voll von Spuk und Aberglauben, zu Haus wird noch besprochen, da wird gehext und blau gefärbt. Aber sie sind kleine Menschen, sie laden ihren Baum wieder auf und waten doch durch den Dünensand dem klagenden Geschrei entgegen, bis sie auf der letzten Höhe stehen, und – und was sie sehen ist ein Stück Strand, ein Stück Meer. Hier über dem Wasser weht es ein wenig, der Nebel zieht in Fetzen, schließt sich, öffnet den Ausblick. Und sie sehen die Wellen, grüngrau, wie sie umstürzen, weißschäumend draußen auf der äußersten Sandbank, näher tobend, brausend. Und sie sehen den Strand, mit Blöcken besät, und dazwischen lebt es, dazwischen schreit es, dazwischen watschelt es in Scharen …

»Die Wildgänse!« sagen die Kinder. »Die Wildgänse –!«

Sie haben nur davon gehört, sie haben es noch nie gesehen, aber nun sehen sie es. Das sind die Gänsescharen, die zum offenen Wasser ziehen, die hier an der Küste Station machen, eine Nacht oder drei, um dann weiterzuziehen, nach Polen oder wer weiß wohin, Vater weiß es auch nicht. Da sind sie, die großen, wilden Vögel, und sie schreien, und das Meer ist da und der Wind und der Nebel, und der Leuchtturm von Arkona heult, und die Kinder stehen damit ihrem gemausten Tannenbaum und starren und lauschen und trinken es in sich ein –

Und plötzlich sehen sie noch etwas, und magisch verführt, gehen sie dem Wunder näher. Abseits, zwischen den hohen Steinblöcken, da steht ein Baum, eine Fichte wie die ihre, nur viel, viel höher, und sie ist besteckt mit Lichtern, und die Lichter flackern im leichten Windzug …

»Lüttenweihnachten«, flüstern die Kinder. »Lüttenweihnachten für die Wildgänse …«

Immer näher kommen sie, leise gehen sie, auf den Zehen – oh, dieses Wunder! – und um den Felsblock biegen sie. Da ist der Baum vor ihnen in all seiner Pracht, und neben ihm steht ein Mann, die Büchse über der Schulter, ein roter Vollbart …

»Ihr Schweinekerls!« sagt der Förster, als er die drei mit der Fichte sieht.

Und dann schweigt er. Und auch die Kinder sagen nichts. Sie stehen und starren. Es sind kleine

Bauerngesichter, sommersprossig, selbst jetzt im Winter, mit derben Nasen und einem festen Kinn, es sind Augen, die was in sich ’reinsehen. Immerhin, denkt der Förster, haben sie mich auch erwischt beim Lüttenweihnachten. Und der Pastor sagt, es sind Heidentücken. Aber was soll man denn machen, wenn die Gänse so schreien und der Nebel so dick ist, und die Welt so eng und so weit und Weihnachten vor der Tür … Was soll man da machen …?

Man soll einen Vertrag machen auf ewiges Stillschweigen, und die Kinder wissen ja nun, daß der gefürchtete Rotvoß nicht so schlimm ist, wie sich die Leute erzählen …

Ja, da stehen sie nun: ein Mann, zwei Jungen, ein Mädel. Die Kerzen flackern am Baum, und ab und zu geht auch eine aus. Die Gänse schreien, und das Meer braust und rauscht. Die Sirene heult. Da stehen sie, es ist eine Art Versöhnungsfest, sogar auf die Tiere erstreckt, es ist Lüttenweihnachten. Man kann es feiern, wo man will, am Strande auch, und die Kinder werden es nachher in ihres Vaters Stall noch einmal feiern.

Und schließlich kann man hingehen und danach handeln. Die Kinder sind imstande und bringen es fertig, die Tiere nicht unnötig zu quälen und ein bißchen nett zu ihnen zu sein. Zuzutrauen ist ihnen das.

Das Ganze aber heißt Lüttenweihnachten und ist ein verbotenes Fest, der Lehrer Beckmann wird es ihnen morgen schon zeigen!

14

Marie von Ebner-Eschenbach

Das Weihnachtsfest war nahe

Wir konnten die Tage bis zum 24. Dezember schon an den Fingern abzählen, als sich etwas begab, das uns in die größte Aufregung versetzte. Vor unsern Nasen gleichsam verschwanden unsere Puppen. Auf einmal waren sie alle fort. Eine vollständige Puppenauswanderung hatte stattgefunden. Das Bett, in das meine Schwester gestern noch ihre älteste Tochter, die große Christine, schlafen gelegt hatte – leer. Die Angehörigen Christines hinweggefegt, als ob sie nie da gewesen wären. Meine blonde Fanchette, die freilich von der Blondheit nur noch den Ruf besaß – denn eine geduldige Friseurin war ich nicht –, ebenfalls unauffindbar. Wir kramten vergeblich nach ihr in unsern Laden, durchforschten alle Schränke und Winkel. Wir liefen ins Kinderzimmer und klagten die armen kleinen Brüder des Raubes unserer Puppen an. Daß wir auch im vorigen Jahre kurze Zeit vor Weihnachten denselben Jammer erlebt und dann unter dem Christbaum ebenso viele Puppen, als wir vermißt hatten, mit glänzend lackierten Gesichtern, reichem Gelock und schön gekleidet sitzen sahen, fiel uns nicht ein. Oh, wir waren dumme Kinder! Ich glaube nicht, daß es heutzutage noch so dumme Kinder gibt.

Pepinka, ärgerlich über die Nachgrabungen, die wir nun auch in dem von ihr beherrschten Reiche zu unternehmen begannen, ließ sich zu einem unvorsichtigen Wort hinreißen.«Geht, geht! Sucht eure Puppen dort, wo sie sind.«

Wir ließen nicht nach, gaben ihr keine Ruhe, bis sie endlich, um uns loszuwerden, sagte: »Die kleine Greißlerin hat sie gestohlen. Grad ist sie mit der Christine über die Gasse gelaufen.«

Gestohlen also! Unsere Kinder gestohlen! Durch die kleine Greißlerin – oh, das leuchtete uns ein. Der konnte man alles Schlechte zutrauen. Ihre Mutter hatte einen Laden, gerade unter einem der Fenster des Kinderzimmers. Wir kauften dort die Glas- und Steinkugeln, mit denen wir eine Art Kriegsspiel spielten. Von der Mutter erhielten wir immer fünf Stück für einen Kreuzer, von der Tochter nur drei. Genügte das nicht, um uns ein Licht aufzustecken über das ganze Wesen dieser Person? Sie, natürlich, war die Puppenentführerin, sie lief herum mit der Christine, an ihr mußte Rache genommen werden. Es mußte! Ich war Feuer und Flamme dafür, und es gelang mir, meine Schwester davon zu überzeugen. Auch die sanfteste Mutter kann grausam werden, wenn es Kindesraub zu bestrafen gilt. Am liebsten würden wir die Missetäterin durchgeprügelt haben – woher aber die Gelegenheit dazu nehmen? Sie bei der Frau Greißlerin verklagen? Ach, die tut ihr nichts, die fürchtet sich selbst vor ihr. Was also soll geschehen? Was für ein Gesicht soll unsere Rache haben? Ein schwarzes! – machten wir endlich aus. Es war beschlossen, was der Diebin geschehen soll: Wir werden ihr Tinte auf den Kopf gießen.

Pepinka war ins Nebenzimmer zu den Kleinen gegangen und hatte die Tür geschlossen; wir glaubten unser nichtsnutziges Vorhaben ungestört ausführen zu können. Ich holte eilends das Fläschchen herbei, das unsern Tintenvorrat enthielt; wir schoben in das Fenster, unter dem der Greißlerladen sich befand, einen Schemel und bestiegen ihn. Meine Schwester öffnete den inneren Fensterflügel und mit Mühe nur ein wenig den äußeren, und ich steckte den mit der Tintenflasche bewaffneten Arm durch den Spalt. Jetzt – hinunter mit dem Guß! Hinunter auf die Greißlerin, die natürlich nichts Besseres zu tun hat, als dazustehen und ihm ihr schuldiges Haupt darzubieten.

Die spanische Armada war einst nicht siegesgewisser ausgezogen als wir zu unserer Unternehmung – und ihr Schicksal teilten wir. Die Elemente erhoben sich wider uns. Es stürmte an dem Tage im Rotgäßchen wie anno 1588 auf dem Atlantischen Ozean, und noch dazu gab's ein Gestöber von weichem Schnee. Ein Windstoß entriss meiner Schwester den Fensterflügel und schlug ihn gleich darauf so schnell wieder zu, daß ich kaum Zeit hatte, meinen ausgestreckten Arm zurückzuziehen und das Tintenfläschchen vor dem Sturze zu retten. Sein Inhalt übersprühte die Glasscheibe, tropfte, mit Schnee und Regen vermischt, vom Fenstersimse herab, umhüllte meine Finger mit der Farbe der Trauer.

Laut und lebendig gestaltete sich der Schluß des ganzen Abenteuers. Pepinka mußte etwas von unserm Treiben vernommen haben, denn plötzlich stürzte sie herbei. Ihr Antlitz glich dem rot aufgehenden Mond, ihre Haubenbänder flogen – ich weiß noch gut, daß sie eidottergelb waren. »Ihr Verdunnerten!«, rief sie. »Jesus, Maria und Josef, Fenster aufreißen, mitten im Winter! Was fällt euch ein, ihr, ihr …« Der Rest sei Schweigen. Mögen die Ehrentitel, mit denen sie uns ausstattete, der Vergessenheit anheim fallen.

15

O. Henry

Das Weihnachtsgeschenk

Ihr ganzes Vermögen war ein Dollar 87 Cent, davon 60 Cent in Pennystücken. Alles mühsam zusammengekratzt und gespart. Und morgen war Weihnachten. Nichts blieb übrig, als sich auf die kleine, schäbige Couch zu werfen und zu heulen. Das tat Della denn auch, und es beweist uns, daß sich das Leben eigentlich aus Schluchzen, Seufzen und Lächeln zusammensetzt, wobei das Seufzen unbedingt vorherrscht. Inzwischen betrachten wir das Heim etwas näher. Es ist eine kleine möblierte Wohnung zu acht Dollar in der Woche. Sie sieht nicht gerade armselig aus, ist davon aber auch nicht allzu weit entfernt. Unten im Hausflur hängt ein Briefkasten, in den niemals Briefe geworfen werden; daneben steckt der Knopf einer elektrischen Klingel, der kaum jemand je einen Ton abschmeichelt. Weiter befindet sich dort auch eine Karte, die den Namen »Mr James Dillingham Young« trägt. Dieses »Dillingham« war während einer Zeit vorübergehenden Wohlstandes ins Leben gerufen worden, als sein Besitzer dreißig Dollar in der Woche verdiente. Jetzt, da das Einkommen auf zwanzig Dollar zusammengeschrumpft ist, muten die Buchstaben von »Dillingham« etwas verschwommen an, als ob sie ernstlich beabsichtigten, sich zu einem bescheidenen anspruchslosen »D« zusammenzuziehen. Wenn aber Mr. J. D. Y. jeweils seine Etage erreichte, so wurde er »Jim« gerufen und von Frau J. D. Y., uns bereits als Della bekannt, zärtlich umarmt, womit das Buchstabenproblem unwichtig wurde. Somit ist alles in bester Ordnung.

Della hörte zu weinen auf und tröstete ihre Wangen mit der Puderquaste. Sie stand am Fenster und schaute bedrückt einer grauen Katze zu, die im grauen Hinterhof über einen grauen Zaun balancierte. Morgen war Weihnachten, und sie hatte nur das wenige Geld, um Jim ein Geschenk zu kaufen.

Im Zimmer hing zwischen den Fenstern ein Spiegel. Wie hingewirbelt stand Della plötzlich mit hell leuchtenden Augen vor ihm. Rasch löste sie ihr Haar und ließ es in seiner ganzen Länge fallen. Im Besitze der J. D.Y.'s gab es zwei Dinge, in die sie ihren ganzen Stolz setzten. Das eine war Jims goldene Uhr, die vor ihm seinem Vater und seinem Großvater gehört hatte. Das andere war Dellas Haar. Hätte in der Wohnung jenseits des Hofes die Königin von Saba gewohnt, Della hätte ihr Haar zum Trocknen aus dem Fenster gehängt, einzig und allein, um die Juwelen und Schmuckstücke Ihrer Majestät wertlos erscheinen zu lassen. Und wäre König Salomon mit all seinen aufgestapelten Schätzen selbst Concierge des Hauses gewesen, Jim hätte jedesmal beim Vorbeigehen seine Uhr gezückt, um zu sehen, wie König Salomon sich vor Neid den Bart ausrupfte.

So fiel Dellas Haar wie ein goldner Wasserfall glänzend und sich kräuselnd an ihr herab. Es reichte ihr bis unter die Knie und formte beinahe einen Mantel. Mit nervösen Fingern steckte sie es rasch wieder auf. Einmal zögerte sie einen Augenblick. Zwei Tränen fielen auf den abgetretenen roten Teppich. Sie schlüpfte in die alte braune Jacke, setzte den alten braunen Hut auf und huschte, immer noch das glänzende Leuchten in den Augen, zur Tür hinaus, die Treppen hinunter und durch die Straße. Sie stand erst still, als sie bei einem Schild anlangte, auf dem zu lesen war: »Mme. Sofronie, An- und Verkauf von Haar aller Art.« In einem Satz rannte Della ein Stockwerk hinauf; keuchend hielt sie an und faßte sich. Madame, groß, massig, zu weiß gepudert, sehr kühl, sah kaum aus, als wäre sie »Sofronie«.«Kaufen Sie mein Haar?« fragte Della.

»Ich kaufe Haar«, sagte Madame.«Nehmen Sie den Hut ab und zeigen Sie, was Sie haben.«

Herunter rieselte der braune Wasserfall.

»20 Dollar«, mit geübter Hand wog Madame die Masse.

»Geben Sie es, rasch«, sagte Della.

Oh, und die zwei folgenden Stunden vergingen wie auf rosigen Schwingen. Vergessen war die zermürbende Vorstellung der fehlenden Haare. Sie durchstöberte die Läden auf der Suche nach Jims Geschenk.

Endlich fand sie es. Sicher war es für Jim und niemand anders gemacht. Nichts kam ihm gleich in keinem der Läden. Es war eine Platinuhrkette, einfach und geschmackvoll in Form und Zeichnung. Sie war es sogar wert, die Uhr zu ketten. Sobald Della die Kette sah, wußte sie, daß sie Jim gehören mußte. Sie war wie er. Einundzwanzig Dollar nahmen sie ihr dafür ab, und mit den 87 Cent eilte sie heim. Mit dieser Kette an seiner Uhr durfte Jim in jeder Gesellschaft so eifrig wie er wollte nach der Zeit sehen. So schön die Uhr war, schaute er nämlich manchmal scheu darauf, weil das alte Lederband, das er an Stelle einer Kette benützte, so schäbig war.

Als Della zu Hause ankam, ließ ihr Taumel nach, und sie wurde etwas vernünftig. Sie holte ihre Brennschere heraus, zündete das Gas an und machte sich daran, die Verheerung, die Großmütigkeit zusammen mit Liebe angerichtet hatte, wiedergutzumachen, was immer eine Riesenarbeit ist, liebe Freunde – eine Mammutaufgabe.

Nach vierzig Minuten war ihr Kopf mit kleinen,

nahe beisammenliegenden Löckchen bedeckt, die ihr ganz das Aussehen eines Lausbuben gaben. Lange schaute sie ihr Bild an, das der Spiegel zurückwarf, kritisch und sorgfältig.

»Wenn Jim mich nicht tötet«, sagte sie zu sich selbst, »bevor er mich ein zweitesmal anschaut, so wird er sagen, ich sehe aus wie ein Chormädchen von Coney Island. Aber was konnte ich tun – oh, was konnte ich tun mit einem Dollar und 87 Cents?« Um sieben Uhr war der Kaffee gemacht, und die heiße Bratpfanne stand hinten auf dem Ofen, bereit, die Kotelettes aufzunehmen, die darin angebraten werden sollten.

Jim kam nie spät. Della nahm die Kette in die Hand und setzte sich auf den Tisch bei der Türe, durch die er immer hereinkam. Dann hörte sie entfernt seinen Schritt im ersten Stockwerk, und für einen Augenblick wurde sie ganz weiß. Sie hatte die Gewohnheit, im stillen kleine Gebete für die einfachsten Alltagsdinge zu sagen, und flüsterte vor sich hin: »Lieber Gott, mach, daß er denkt, ich sei immer noch hübsch.«

Die Tür öffnete sich. Jim kam herein und schloß sie. Er war mager und hatte ein sehr ernstes Aussehen. Armer Kerl, erst zweiundzwanzig und schon mit einer Familie beladen. Er hätte dringend einen neuen Mantel gebraucht und hatte keine Handschuhe.

Jim stand bei der Türe still, so unbeweglich wie ein Jagdhund, der eine Fährte wittert. Seine Augen waren auf Della gerichtet und hatten einen Ausdruck, den sie nicht deuten konnte und der sie erschreckte. Es war nicht Ärger.

Della sprang vom Tisch herunter und lief auf ihn zu.

»Jim, Liebster«, rief sie weinend, »schau mich nicht so an. Ich ließ mein Haar abschneiden und verkaufte es, weil ich es nicht ausgehalten hätte, ohne dir ein Geschenk zu Weihnachten zu geben. Es wird wieder nachwachsen. Du bist nicht böse, nicht wahr? Ich mußte es einfach tun. Mein Haar wächst unheimlich schnell. Sag ›Fröhliche Weihnachten!‹ Jim, und laß uns glücklich sein. Du weißt ja gar nicht, welch schönes – wunderbar schönes Geschenk ich für dich habe.«

»Dein Haar hast du abgeschnitten?« fragte Jim mühsam, als hätte er selbst mit der strengsten geistigen Arbeit diese offensichtliche Tatsache noch nicht erfaßt. »Abgeschnitten und verkauft«, sagte Della. »Verkauft ist es, sag' ich Dir, verkauft und fort. Heute ist doch Heiliger Abend, du. Sei lieb, es ist doch für dich. Sei lieb, ich gab es für dich weg. Es kann ja sein, daß die Haare auf meinem Kopf gezählt waren«, fuhr sie mit plötzlicher, ernsthafter Verliebtheit weiter, »aber niemand könnte je meine Liebe zu dir zählen. Soll ich jetzt die Kotelettes auflegen, Jim?«

Nun schien Jim rasch aus seinem Trancezustand zu erwachen. Er nahm Della in seine Arme. Für zehn Sekunden wollen wir mit diskreter Genauigkeit irgendeinen belanglosen Gegenstand in entgegengesetzter Richtung eingehend betrachten. Acht Dollar in der Woche oder eine Million im Jahr – was ist der Unterschied? Ein Witzbold und ein Mathematiker würden uns beide eine falsche Antwort geben. Indessen zog Jim sein Päcklein aus seiner Manteltasche und warf es auf den Tisch. »Du mußt dir nichts Falsches vorstellen über mich, Della«, sagte er. »Ich glaube, da gäbe es kein Haarschneiden, Dauerwellen oder Waschen in der Welt, das mich dazu brächte, mein Frauchen weniger zu lieben. Aber wenn du das Paket da auspackst, wirst du sehen, warum ich mich zuerst eine Weile nicht erholen konnte.« Weiße Finger zogen an der Schnur, rissen am Papier. Ein begeisterter Freudenschrei. Und dann – o weh – ein rascher, echt weiblicher Wechsel zu strömenden Tränen und lauten Klagen erforderte die Anwendung sämtlicher tröstenden Kräfte und Einfälle des Herrn des Hauses. Denn da lagen sie, die Kämme – die Garnitur von Kämmen, seitlich und rückwärts einzustecken, die Della so lange im Schaufenster einer Hauptstraße bewundert hatte. Fabelhafte Kämme, echtes Schildpatt, mit echten Steinen besetzt – gerade in den Farbtönen, die in dem wundervoll verschwundenen

Haar so schön gespielt hätten. Es waren teure Kämme. Sie wußte es. Mit ganzem Herzen hatte sie diese Wunder begehrt. Und jetzt gehörten sie ihr, aber die Zöpfe, die mit diesen begehrenswerten Schmuckstücken hätten geziert werden sollen, waren fort.

Trotzdem drückte sie sie an ihr Herz, und endlich konnte sie auch mit verschleierten Augen aufsehen und lächelnd sagen: »Mein Haar wächst ja so schnell, Jim!«

Und dann sprang Della auf wie eine kleine Katze, die sich gebrannt hatte, indem sie immerzu »Oh, oh« rief. Jim hatte ja sein wunderschönes Geschenk noch nicht gesehen. Sie hielt es ihm auf der offenen Hand eifrig entgegen. Das wertvolle, mattglänzende Metall schien ihre heitere und feurige Seele widerzuspiegeln. »Ist es nicht großartig – das einzig Wahre? Ich habe danach gejagt, bis ich es fand. Du wirst jetzt jeden Tag hundertmal sehen müssen, wieviel Uhr es ist. Gib mir deine Uhr, ich muß sehen, wie die Kette daran aussieht.«

Anstatt zu gehorchen, machte es sich Jim auf der Couch bequem, legte die Hände hinter den Kopf und lächelte.«Dell«, sagte er, »wir wollen unsere Weihnachtsgeschenke noch für einige Zeit aufbewahren, sie sind zu schön, als daß wir sie jetzt gebrauchen könnten. Denke, ich habe die Uhr verkauft, um das Geld für deine Kämme zu erhalten. Und jetzt, glaub' ich, ist es das beste, du stellst die Kotelettes auf.«

16

Kurt Tucholsky

Großstadt-Weihnachten

Nun senkt sich wieder auf die heim'schen Fluren
die Weihenacht! die Weihenacht!
Was die Mamas bepackt nach Hause fuhren,
wir kriegens jetzo freundlich dargebracht.

Der Asphalt glitscht. Kann Emil das gebrauchen?
Die Braut kramt schämig in dem Portemonnaie.
Sie schenkt ihm, teils zum Schmuck und teils zum
Rauchen,
den Aschenbecher aus Emalch glasé.

Das Christkind kommt! Wir jungen Leute
lauschen
auf einen stillen heiligen Grammophon.
Das Christkind kommt und ist bereit zu tauschen
den Schlips, die Puppe und das Lexikohn.

Und sitzt der wackre Bürger bei den Seinen,
voll Karpfen, still im Stuhl, um halber zehn,
dann ist er mit sich selbst zufrieden und im
reinen:
»Ach ja, son Christfest is doch ooch janz scheen!«

Und frohgelaunt spricht er vom ›Weihnachts-
wetter‹,
mag es nun regnen oder mag es schnein.
Jovial und schmauchend liest er seine Morgen-
blätter,
die trächtig sind von süßen Plauderein.

So trifft denn nur auf eitel Glück hienieden
in dieser Residenz Christkindleins Flug?
Mein Gott, sie mimen eben Weihnachtsfrieden …
»Wir spielen alle. Wer es weiß, ist klug.«

17

Selma Lagerlöf

Das Feuer in der dunklen Nacht

Als ich fünf Jahre alt war, hatte ich einen großen Kummer. Ich weiß kaum, ob ich seitdem einen größeren gehabt habe. Das war, als meine Großmutter starb. Bis dahin hatte sie jeden Tag auf dem Ecksofa in ihrer Stube gesessen und Märchen erzählt. Ich weiß es nicht anders, als daß Großmutter dasaß und erzählte, vom Morgen bis zum Abend, und wir Kinder saßen still neben ihr und hörten zu. Das war ein herrliches Leben. Es gab keine Kinder, denen es so gut ging wie uns.

Ich erinnere mich nicht an sehr viel von meiner Großmutter. Ich erinnere mich, daß sie schönes, kreideweißes Haar hatte und daß sie sehr gebückt ging und daß sie immer dasaß und an einem Strumpf strickte.

Dann erinnere ich mich auch, daß sie, wenn sie ein Märchen erzählt hatte, ihre Hand auf meinen Kopf zu legen pflegte, und dann sagte sie: »Und das alles ist so wahr, wie daß ich dich sehe und du mich siehst.«

Seht, das ist beinahe alles, was ich noch von meiner Großmutter weiß, außer dem, woran ich mich am besten erinnere, nämlich den großen Schmerz, als sie dahinging.

Ich erinnere mich an den Morgen, an dem das Ecksofa leer stand und es unmöglich war, zu begreifen, wie die Stunden des Tages zu Ende gehen sollten. Daran erinnere ich mich. Das vergesse ich nie. Aber noch heute, nach vierzig Jahren, wie ich dasitze und die Legenden über Christus sammle, die ich drüben im Morgenland gehört habe, wacht die kleine Geschichte von Jesu Geburt, die meine Großmutter zu erzählen pflegte, in mir auf. Und ich bekomme Lust, sie noch einmal zu erzählen und sie auch in meine Sammlung mit aufzunehmen.

Es war an einem Weihnachtstag, alle waren zur Kirche gefahren, außer Großmutter und mir. Ich glaube, wir beide waren im ganzen Haus allein. Wir hatten nicht mitfahren können, weil die eine zu jung und die andere zu alt war. Und alle beide waren wir betrübt, daß wir nicht zum Mettegesang fahren und die Weihnachtslichter sehen konnten.

Aber wie wir so in unserer Einsamkeit saßen, fing Großmutter zu erzählen an.

»Es war einmal ein Mann«, sagte sie, »der in die dunkle Nacht hinausging, um sich Feuer zu leihen. Er ging von Haus zu Haus und klopfte an. ›Ihr lieben Leut, helft mir!‹ sagte er. ›Mein Weib hat eben ein Kindlein geboren, und ich muß Feuer anzünden, um es und den Kleinen zu erwärmen.‹

Aber es war tiefe Nacht, so daß alle Menschen schliefen, und niemand antwortete ihm.

Der Mann ging und ging. Endlich erblickte er in weiter Ferne einen Feuerschein. Da wanderte er dieser Richtung zu und sah, daß das Feuer im Freien brannte. Eine Menge weißer Schafe lag rings um das Feuer und schlief, und ein alter Hirt wachte über die Herde. Als der Mann, der Feuer leihen wollte, zu den Schafen kam, sah er, daß drei große Hunde zu Füßen des Hirten ruhten und schliefen. Sie erwachten alle drei bei seinem Kommen und sperrten ihre weiten Rachen auf, als ob sie bellen wollten, aber man vernahm keinen Laut.

Der Mann sah, daß sich die Haare auf ihrem Rücken sträubten, er sah, wie ihre scharfen Zähne funkelnd weiß im Feuerschein leuchteten, und wie sie auf ihn losstürzten.

Er fühlte, daß einer nach seiner Hand faßte und daß einer sich an seine Kehle hängte. Aber die Kinnladen und Zähne, mit denen die Hunde beißen wollten, gehorchten ihnen nicht, und der Mann litt nicht den kleinsten Schaden.

Nun wollte der Mann weitergehen, um das zu finden, was er brauchte. Aber die Schafe lagen so dicht nebeneinander, Rücken an Rücken, daß er nicht vorwärts kommen konnte. Da stieg der Mann auf die Rücken der Tiere und wanderte über sie hin dem Feuer zu. Und keins von den Tieren wachte auf oder regte sich.« Soweit hatte Großmutter ungestört erzählen können, aber nun konnte ich es nicht lassen, sie zu unterbrechen.«Warum regten sie sich nicht, Großmutter?« fragte ich.

»Das wirst du nach einem Weilchen schon erfahren«, sagte Großmutter und fuhr mit ihrer Geschichte fort.«Als der Mann fast beim Feuer angelangt war, sah der Hirt auf. Es war ein alter, mürrischer Mann, der unwirsch und hart gegen alle Menschen war. Und als er einen Fremden kommen sah, griff er nach seinem langen, spitzigen Stabe, den er in der Hand zu halten pflegte, wenn er seine Herde hütete, und warf ihn nach ihm. Und der Stab fuhr zischend gerade auf den Mann los, aber ehe er ihn traf, wich er zur Seite und sauste an ihm vorbei, weit über das Feld.«

Als Großmutter soweit gekommen war, unterbrach ich sie abermals.«Großmutter, warum wollte der Stock den Mann nicht schlagen?« Aber Großmutter ließ es sich nicht einfallen, mir zu antworten, sondern fuhr mit ihrer Erzählung fort.

»Nun kam der Mann zu dem Hirten und sagte zu ihm. ›Guter Freund, hilf mir und leih mir ein wenig Feuer. Mein Weib hat eben ein Kindlein geboren, und ich muß Feuer machen, um es und den Kleinen zu erwärmen.‹ Der Hirt hätte am liebsten nein gesagt, aber als er daran dachte, daß die Hunde dem Manne nicht schaden können, daß die Schafe nicht vor ihm davongelaufen waren und daß sein Stab ihn nicht fällen wollte, da wurde ihm ein wenig bange, und er wagte es nicht, dem Fremden das abzuschlagen, was er begehrte. ›Nimm, soviel du brauchst‹, sagte er zu dem Manne. Aber das Feuer war beinahe ausgebrannt. Es waren keine Scheite und Zweige mehr übrig, sondern nur ein großer Gluthaufen, und der Fremde hatte weder Schaufel noch Eimer, worin er die roten Kohlen hätte tragen können.

Als der Hirt dies sah, sagte er abermals: »Nimm, soviel du brauchst!« Und er freute sich, daß der Mann kein Feuer wegtragen konnte. Aber der Mann beugte sich hinunter, holte die Kohlen mit bloßen Händen aus der Asche und legte sie in seinen Mantel. Und weder versengten die Kohlen seine Hände, als er sie berührte, noch versengten sie seinen Mantel, sondern der Mann trug sie fort, als wenn es Nüsse oder Äpfel gewesen wären.«

Aber hier wurde die Märchenerzählerin zum drittenmal unterbrochen.«Großmutter, warum wollte die Kohle den Mann nicht brennen?«

»Das wirst du schon hören«, sagte Großmutter, und dann erzählte sie weiter.«Als dieser Hirt, der ein so böser, mürrischer Mann war, dies alles sah, begann er sich bei sich selbst zu wundern:

›Was kann dies für eine Nacht sein, wo Hunde die Schafe nicht beißen, die Schafe nicht erschrecken, die Lanze nicht tötet und das Feuer nicht brennt?‹ Er rief den Fremden zurück und sagte zu ihm: ›Was ist dies für eine Nacht? Und woher kommt es, daß alle Dinge dir Barmherzigkeit zeigen?‹

Da sagte der Mann: ›Ich kann es dir nicht sagen, wenn du selber es nicht siehst.‹ Und er wollte seiner Wege gehen, um bald ein Feuer anzünden und Weib und Kind wärmen zu können.

Aber da dachte der Hirt, er wolle den Mann nicht ganz aus dem Gesicht verlieren, bevor er erfahren hätte, was dies alles bedeute. Er stand auf und ging ihm nach, bis er dorthin kam, wo der Fremde daheim war. Da sah der Hirt, daß der Mann nicht einmal eine Hütte hatte, um darin zu wohnen, sondern er hatte sein Weib und sein Kind in einer Berggrotte liegen, wo es nichts gab als nackte, kalte Steinwände.

Der Hirt dachte, daß das arme unschuldige Kindlein vielleicht dort in der Grotte erfrieren würde. Und obgleich er ein harter Mann war, wurde er davon doch ergriffen und beschloß, dem Kinde zu helfen. Und er löste sein Ränzel von der Schulter und nahm daraus ein weiches Schaffell hervor. Das gab er dem fremden Manne und sagte, er möge das Kind darauf betten.

Aber in demselben Augenblick, in dem er zeigte,

daß auch er barmherzig sein konnte, wurden ihm die Augen geöffnet, und er sah, was er vorher nicht hatte sehen, und hörte, was er vorher nicht hatte hören können:

Er sah, daß rund um ihn ein dichter Kreis von kleinen, silberbeflügelten Englein stand. Und jedes von ihnen hielt ein Saitenspiel in der Hand, und alle sangen sie mit lauter Stimme, daß in dieser Nacht der Heiland geboren wäre, der die Welt von ihren Sünden erlösen solle.

Da begriff er, warum in dieser Nacht alle Dinge so froh waren, daß sie niemandem etwas zuleide tun wollten. Und nicht nur rings um den Hirten waren Engel, sondern er sah sie überall. Sie saßen in der Grotte, und sie saßen auf dem Berge, und sie flogen unter dem Himmel. Sie kamen in großen Scharen über den Weg gegangen, und wie sie vorbeikamen, blieben sie stehen und warfen einen Blick auf das Kind.

Es herrschte eitel Jubel und Freude und Singen und Spiel, und das alles sah er in der dunklen Nacht, in der er früher nichts zu gewahren vermocht hatte. Und er wurde so froh, daß seine Augen geöffnet waren, daß er auf die Knie fiel und Gott dankte.«

Aber als Großmutter soweit gekommen war, seufzte sie und sagte: »Aber was der Hirte sah, das könnten wir auch sehen, denn die Engel fliegen in jeder Weihnachtsnacht unter dem Himmel, wenn wir sie nur zu gewahren vermögen.«

Und dann legte Großmutter ihre Hand auf meinen Kopf und sagte: »Dies sollst du dir merken, denn es ist so wahr, wie daß ich dich sehe und du mich siehst. Nicht auf Lichter und Lampen kommt es an und es liegt nicht an Mond und Sonne, sondern was nottut, ist, daß wir Augen haben, die Gottes Herrlichkeit sehen können.«

18

Hans Christian Andersen

Der Tannenbaum

Draußen im Walde stand ein niedlicher kleiner Tannenbaum. Er hatte einen guten Platz; Sonne konnte er bekommen, Luft war genug da und ringsherum wuchsen viele größere Kameraden, sowohl Tannen als Fichten. Der kleine Tannenbaum wünschte aber so sehnlich, größer zu werden. Er achtete nicht der warmen Sonne und der frischen Luft, er kümmerte sich nicht um die Bauernkinder, die da umhergingen und plauderten, wenn sie herausgekommen waren, um Erdbeeren und Himbeeren zu sammeln. Oft kamen sie mit einem ganzen Topf voll und hatten Erdbeeren an einen Strohhalm gereiht; dann setzten sie sich neben den kleinen Tannenbaum und sagten: »Nein, wie niedlich klein ist der!« Das mochte der Baum gar nicht hören.

Im folgenden Jahr war er um einen bedeutenden Ansatz größer, und das Jahr darauf war er um noch einen länger; denn bei den Tannenbäumen kann man an den vielen Ansätzen, die sie haben, sehen, wie viele Jahre sie gewachsen sind.

»O, wäre ich doch so ein großer Baum wie die

anderen!« seufzte das kleine Bäumchen; »dann könnte ich meine Zweige so weit umher ausbreiten und mit der Krone in die weite Welt hinausblicken! Die Vögel würden dann Nester in meinen Zweigen bauen, und wenn der Wind wehte, könnte ich so vornehm nicken, gerade wie die andern dort!«

Er hatte gar keine Freude am Sonnenschein, an den Vögeln und an den roten Wolken, die morgens und abends über ihn dahin segelten. War es dann Winter und der Schnee lag weiß funkelnd ringsumher, so kam häufig ein Hase gesprungen und setzte gerade über den kleinen Baum weg – o, das war ihm so ärgerlich! – Aber zwei Winter vergingen, und im dritten war das Bäumchen so groß, daß der Hase um dasselbe herumlaufen mußte. »O wachsen, wachsen, groß und alt werden: das ist doch das einzig Schöne in dieser Welt!« dachte der Baum.

Im Herbst kamen immer Holzhauer und fällten einige der größten Bäume. Das geschah jedes Jahr, und den jungen Tannenbaum, der nun ganz gut gewachsen war, schauerte dabei, denn die großen, prächtigen Bäume fielen mit Prasseln und Krachen zur Erde, die Zweige wurden ihnen abgehauen, die Bäume sahen ganz nackt, lang und schmal aus; sie waren fast nicht mehr zu erkennen. Und dann wurden sie auf Wagen gelegt, und Pferde zogen sie davon, aus dem Wald hinaus.

Wo kommen sie hin? Was stand ihnen bevor?

Im Frühjahr, als die Störche und Schwalben kamen, fragte diese der Baum: »Wißt ihr nicht, wohin die großen Tannenbäume geführt wurden? Seid ihr ihnen nicht begegnet?« Die Schwalben wußten nichts; aber der Storch sah nachdenklich aus, nickte mit dem Kopf und sagte: »Ja, ich glaube wohl. Mir begegneten viele neue Schiffe, als ich aus Ägypten aufbrach; auf den Schiffen waren prächtige Mastbäume; ich darf annehmen, daß sie es waren, denn sie hatten Tannengeruch; ich kann vielmals grüßen; ja die prangen, die prangen!«

»O, wäre ich doch auch groß genug, um über das Meer hinfahren zu können! Wie ist denn eigentlich dieses Meer und wie sieht es aus?«

»Das zu erklären, ist zu weitläufig«, sagte der Storch, und damit flog er fort.

»Freue dich deiner Jugend«, sagten die Sonnenstrahlen; »freue dich deines frischen Wachstums, des jungen Lebens, das in dir ist.«

Und der Wind küßte den Baum und der Tau weinte Tränen über ihn; aber das verstand der Tannenbaum nicht.

Wenn es gegen die Weihnachtszeit ging, wurden ganz junge Bäume gefällt, Bäume, die oft nicht einmal so groß oder gleichen Alters mit dem Tannenbaum waren, der weder Ruhe noch Rast hatte, sondern immer davon wollte. Diese jungen Bäume, und es waren gerade die allerschönsten, behielten immer alle ihre Zweige; sie wurden auf Wagen gelegt, und Pferde zogen sie fort, aus dem Wald hinaus.

»Wohin sollen die?« fragte der Tannenbaum. »Sie sind nicht größer als ich, vielmehr war einer da, der war viel kleiner! Weshalb behielten sie alle ihre Zweige? Wohin fahren sie?«

»Das wissen wir! das wissen wir!« zwitscherten die Sperlinge. »Unten in der Stadt haben wir die Fenster gesehen! Wir wissen, wohin sie fahren! Oh, sie gelangen zur größten Pracht und Herrlichkeit, die man nur denken kann! Wir haben in die Fenster gesehen und haben wahrgenommen, daß sie mitten in der warmen Stube aufgepflanzt und mit den schönsten Sachen geschmückt werden, mit vergoldeten Äpfeln, Honigkuchen, Spielzeug und vielen Hunderten von Lichtern.«

»Und dann?« fragte der Tannenbaum und bebte an allen Zweigen. »Und dann? Was geschieht dann?«

»Ja, mehr haben wir nicht gesehen! Das war unvergleichlich.«

»Ob ich wohl auch bestimmt bin, diesen strahlenden Weg zu betreten?« jubelte der Tannenbaum. »Das ist noch besser, als über das Meer zu ziehen! Wie leide ich an Sehnsucht! Wäre es doch Weihnachten! Nun bin ich groß und ausgewachsen, wie die anderen, die im vorigen Jahr weggeführt wurden! Oh, wäre ich doch erst auf dem Wagen! Wäre ich doch erst in der warmen Stube mit aller Pracht und Herrlichkeit! Und dann –? Ja, dann kommt noch etwas Besseres, noch weit Schöneres, weshalb würden sie uns sonst so schmücken! Es muß noch etwas Größeres, noch etwas Herrlicheres kommen! Aber was? Oh, ich sehne mich, ich weiß selbst nicht, wie mir ist!«

»Freue dich unser!« sagten Luft und Sonnenschein; »freue dich deiner frischen Jugend im Freien!«

Aber er freute sich durchaus nicht und wuchs und wuchs; Winter und Sommer stand er grün; dunkelgrün stand er da; die Leute, die ihn sahen, sagten: »Da ist ein schöner Baum!«, und zur Weihnachtszeit wurde er vor allen andern Tannenbäumen zuerst gefällt. Die Axt hieb tief durch das Mark; der Baum fiel mit einem Seufzer zu Boden; er fühlte einen Schmerz, eine Ohnmacht; er konnte gar nicht an irgendein Glück denken, er war betrübt, von der Heimat scheiden zu müssen, von dem Flecke, auf dem er emporgeschossen war; er wußte ja, daß er die lieben alten Kameraden, die kleinen Büsche und Blumen ringsherum nie mehr sehen würde, ja vielleicht nicht einmal die Vögel. Die Abreise war durchaus nicht angenehm. Der Baum kam erst wieder zu sich selbst, als er, im Hofe mit anderen Bäumen abgepackt, einen Mann sagen hörte: »Dieser hier ist prächtig; wir brauchen nur diesen.«

Nun kamen zwei Diener im vollen Putz und trugen den Tannenbaum in einen großen, schönen Saal. Ringsumher an den Wänden hingen Bilder, und neben dem Kachelofen standen große, chinesische Vasen mit Löwen auf den Deckeln; da gab es Schaukelstühle, seidene Sofas, große Tische voll Bilderbücher und Spielzeug für hundertmal hundert Taler – wenigstens sagten das die Kinder. Und der Tannenbaum wurde in ein großes mit Sand gefülltes Gefäß gestellt; aber niemand konnte sehen, daß es ein Gefäß war, denn es wurde herum mit grünem Zeug behängt und stand auf einem großen bunten Teppich. Oh, wie der Baum bebte! Was wird wohl vorgehen? Sowohl die Diener als die Fräulein schmückten ihn. An seine Zweige hingen sie kleine Netze, ausgeschnitten aus farbigem Papier; jedes Netz war mit Zuckerwerk gefüllt; vergoldete Äpfel und Nüssen hingen herab, als wären sie festgewachsen, und über hundert rote, blaue und weiße Lichterchen wurden in den Zweigen festgesteckt. Puppen, die leibhaftig wie Menschen aussahen – der Baum hatte früher nie solche gesehen – schwebten im Grünen, und hoch oben auf der Spitze wurde ein Stern von Flittergold befestigt, – das war prächtig, ganz außerordentlich prächtig.

»Heut abend«, sagten alle, »heut abend wird es strahlen!«

»Oh«, dachte der Baum, »wäre es doch Abend! Würden nur die Lichter bald angezündet! Und was dann wohl geschieht? Ob da wohl Bäume aus dem Walde kommen, mich zu sehen? Ob die Sperlinge gegen die Fensterscheibe fliegen? Ob ich hier festwachse und Winter und Sommer geschmückt werde?«

Ja, er riet nicht übel; aber er hatte ordentlich Borkenschmerzen vor lauter Sehnsucht, und Borkenschmerzen sind für einen Baum ebenso schlimm, wie Kopfschmerzen für uns andere.

Nun wurden die Lichter angezündet. Welcher Glanz! Welche Pracht! Der Baum bebte dabei vor Glück an allen Zweigen, so daß eins der Lichter das Grüne anbrannte; es sengte ordentlich.

»Gott bewahre uns!« schrieen die Fräulein und löschten es hastig aus. Jetzt durfte der Baum nicht einmal mehr beben. Oh, das war ein Grauen! Ihm war so bange, etwas von seinem Schmuck zu verlieren; er war ganz betäubt von all dem Glanze. – Und nun gingen beide Flügeltüren auf, und eine Menge Kinder stürzten herein, als wollten sie den ganzen Baum umwerfen; die älteren Leute kamen bedächtig nach. Die Kleinen standen ganz stumm – aber nur einen Augenblick, dann jubelten sie wieder, daß es nur so schallte, sie tanzten um den Baum herum, und ein Geschenk nach dem andern wurde abgepflückt.

»Was machen sie?« dachte der Baum. »Was soll geschehen?«

Und die Lichter brannten bis dicht an die Zweige herunter, und je nachdem sie niederbrannten, wurden sie ausgelöscht, und dann erhielten die Kinder Erlaubnis, den Baum zu plündern. Oh, sie stürzten auf ihn ein, daß es in allen Zweigen knackte; wäre er nicht mit der Spitze und dem Goldstern an der Decke befestigt gewesen, so wäre er umgestürzt.

Nun tanzten die Kinder mit ihrem prächtigen Spielzeug herum. Nach dem Baum aber sah niemand, ausgenommen das alte Kindermädchen, welches kam und zwischen die Zweige blickte, aber nur, um zu sehen, ob nicht noch eine Feige oder ein Apfel vergessen worden sei.

»Eine Geschichte! Eine Geschichte!« riefen die Kinder und zogen einen kleinen dicken Mann zu dem Baume hin; und er setzte sich gerade unter denselben, »denn da sind wir im Grünen«, sagte er, »und der Baum kann besonderen Nutzen davon haben, zuzuhören. Aber ich erzähle nur eine Geschichte. Wollt ihr die Jvede-Avede oder die von Klumpe-Dumpe hören, der die Treppe hinunterfiel und doch zu Ehren kam und die Prinzessin erhielt?«

»Jvede-Avede!« schrieen einige, »Klumpe-Dumpe!« schrieen andere; das war ein Rufen und Schreien! Nur der Tannenbaum schwieg ganz still und dachte: »Komme ich gar nicht mit, werde ich nichts dabei zu tun haben?« Er war ja mit gewesen, hatte ja geleistet, was er sollte.

Und der Mann erzählte von Klumpe-Dumpe, welcher die Treppe hinunterfiel und doch zu Ehren kam und die Prinzessin erhielt. Und die Kinder klatschten in die Hände und riefen: »Erzähle! Erzähle!« Sie wollten auch die Geschichte von Jvede-Avede hören, aber sie bekamen nur die von Klumpe-Dumpe. Der Tannenbaum stand ganz stumm und gedankenvoll: nie hatten die Vögel im Walde dergleichen erzählt. »Klumpe-Dumpe fiel die Treppe hinunter und bekam doch die Prinzessin! Ja, ja, so geht es in der Welt zu!« dachte der Tannenbaum und glaubte, daß es wahr sei, weil es so ein netter Mann war, der es erzählte. »Ja, ja! wer kann es wissen! Vielleicht falle ich auch die Treppe hinunter und bekomme eine Prinzessin.« Und er freute sich darauf, den nächsten Tag wieder mit Lichtern und Spielzeug, mit Gold und Früchten angeputzt zu werden. »Morgen werde ich noch glücklicher sein!« dachte er. »Ich will mich recht aller meiner Herrlichkeit freuen. Morgen werde ich wieder die Geschichte von Klumpe-Dumpe und vielleicht auch die von Jvede-Avedehören.« Und der Baum stand die ganze Nacht still und gedankenvoll.

Am Morgen kamen die Diener und das Mädchen hinein.

»Nun beginnt das Schmücken aufs neue!« dachte der Baum. Aber sie schleppten ihn zum Zimmer hinaus, die Treppe hinunter auf den Boden, und hier, in einen dunklen Winkel, wo kein Tageslicht hineinschien, stellten sie ihn hin. »Was soll das bedeuten?« dachte der Baum. »Was soll ich hier wohl machen? Was mag ich wohl hören sollen?« Und er lehnte sich an die Mauer und dachte und dachte. – Und er hatte Zeit genug; denn es vergingen Tage und Nächte; niemand kam hinauf; und als endlich jemand kam, so geschah es, um einige große Kasten in den Winkel zu stellen. Nun stand der Baum ganz versteckt; man mußte glauben, daß er völlig vergessen sei.

»Jetzt ist es Winter draußen«, dachte der Baum. »Die Erde ist hartgefroren und mit Schnee bedeckt, die Menschen können mich jetzt nicht pflanzen; deshalb soll ich wohl bis zum Frühjahr hier im Schutze stehen. Wie wohlbedacht das ist! Wie die Menschen doch so gut sind! – Wäre es hier nur nicht so dunkel und so schrecklich einsam! Nicht einmal ein kleiner Hase läßt sich sehen! – Das war doch so schön draußen im Walde, wenn der Schnee lag und der Hase vorübersprang, ja, selbst als er über mich hinwegsprang; aber damals konnte ich es nicht leiden. Hier oben ist es doch schrecklich einsam!«

»Piep, piep!« sagte da eine kleine Maus und huschte hervor, und dann kam noch eine. Sie beschnüffelten den Tannenbaum und dann schlüpften sie zwischen seine Zweige.

»Es ist eine greuliche Kälte«, sagten die kleinen Mäuse. »Sonst ist es hier gut sein; nicht wahr, du alter Tannenbaum?«

»Ich bin gar nicht alt!« sagte der Tannenbaum; »es gibt viele, die weit älter sind als ich!«

»Wo kommst du her?« fragten die Mäuse, »und was weißt du?«

Sie waren gewaltig neugierig. »Erzähle uns doch von dem schönsten Orte auf Erden! Bist du dort gewesen? Bist du in der Speisekammer gewesen, wo Käse auf den Brettern liegen und Schinken unter der Decke hängen, wo man auf Talglicht tanzt, mager hineingeht und fett herauskommt?« »Das kenne ich nicht!« sagte der Baum. »Aber den Wald kenne ich, wo die Sonne scheint und wo die Vögel singen.« Und dann erzählte er alles aus seiner Jugend, und die kleinen Mäuse hatten früher dergleichen nie gehört, und sie horchten auf und sagten: »Nein, wieviel du gesehen hast! Wie glücklich du gewesen bist!«

»Ich?« sagte der Tannenbaum und dachte über das, was er selbst erzählte, nach. »Ja, es waren im

Grunde ganz fröhliche Zeiten!« – Aber dann erzählte er vom Weihnachtsabend, wo er mit Kuchen und Lichtern geschmückt gewesen war.

»Oh«, sagten die kleinen Mäuse, »wie glücklich du gewesen bist, du alter Tannenbaum!«

»Ich bin gar nicht alt!« sagte der Baum. »Erst diesen Winter bin ich vom Walde gekommen! Ich bin nur so im Wachstum zurückgeblieben.«

»Wie schön du erzählst!« sagten die kleinen Mäuse. Und in der nächsten Zeit kamen sie mit vier anderen kleinen Mäusen, die den Baum erzählen hören sollten, und je mehr er erzählte, desto deutlicher erinnerte er sich selbst an alles und dachte: »Es waren doch ganz fröhliche Zeiten! Aber sie können wiederkommen; Klumpe-Dumpe fiel die Treppe hinunter und erhielt doch die Prinzessin; vielleicht kann ich auch eine Prinzessin bekommen!« Und dann dachte der Tannenbaum an eine kleine niedliche Birke, die draußen im Walde wuchs; das war für den Tannenbaum eine wirkliche, schöne Prinzessin.

Die kleinen Mäuse blieben zuletzt auch weg, und da seufzte der Baum: »Es war doch ganz hübsch, als sie um mich herumsaßen, die beweglichen kleinen Mäuse, und zuhörten, wie ich erzählte! Nun ist auch das vorbei! – Aber ich werde daran denken, mich zu freuen, wenn man mich wieder hervorholt!«

Aber wann geschah das? – Ja, es war eines Morgens, da kamen Leute und wirtschafteten auf dem Boden; die Kasten wurden weggesetzt, der Baum wurde hervorgezogen; sie warfen ihn freilich ziemlich hart gegen den Fußboden, und ein Diener schleppte ihn sogleich nach der Treppe hin, wo der Tag leuchtete.

»Nun beginnt das Leben wieder!« dachte der Baum; er fühlte die frische Luft, die ersten Sonnenstrahlen – und nun war er draußen im Hofe. Alles ging so geschwind; der Baum vergaß völlig, sich selbst zu betrachten; da war so vieles ringsumher zu sehen. Der Hof stieß an einen Garten, und alles blühte darin: die Rosen hingen so frisch und duftend über das kleine Gitter hinaus, die Lindenbäume blühten, und die Schwalben flogen umher und zwitscherten: »Quirre virrevit, mein Mann ist gekommen!« Aber es war nicht der Tannenbaum, den sie meinten.

»Nun werde ich leben!« jubelte dieser und breitete seine Zweige weit aus; aber ach, sie waren alle vertrocknet und gelb, und er lag da im Winkel zwischen Unkraut und Nesseln. Der Stern von Goldpapier saß noch oben an der Spitze und glänzte im hellen Sonnenschein.

Im Hofe selbst spielten einige von den munteren Kindern, die zur Weihnachtszeit den Baum umtanzt hatten und so fröhlich über ihn gewesen waren. Eins der kleinsten lief hin und riß den Goldstern ab.

»Sieh, was da noch an dem häßlichen alten Tannenbaum sitzt!« sagte es und trat auf die Zweige, daß sie unter seinen Stiefeln knackten.

Und der Baum sah auf all die Blumenpracht und Frische im Garten; er betrachtete sich selbst und wünschte, daß er in seinem dunklen Winkel auf dem Boden liegen geblieben wäre; er gedachte seiner frischen Jugend im Walde, des lustigen Weihnachtsabends und der kleinen Mäuse, die so munter die Geschichte von Klumpe-Dumpe angehört hatten.

»Vorbei, vorbei!« sagte der verdorrte Baum. »Hätte ich mich doch gefreut, als ich noch konnte! Vorbei! Vorbei!«

Und der Knecht kam und hieb den Baum in kleine Stücke; ein ganzes Bündel lag da; hell flackerte es auf unter dem großen Braukessel; und er seufzte tief, und jeder Seufzer war einem kleinen Schusse gleich; deshalb liefen die Kinder, die da spielten, herbei und setzten sich vor das Feuer, blickten in dasselbe hinein und riefen: »Pfiff, pfaff!« Aber bei jedem Knall, der ein tiefer Seufzer war, dachte der Baum an einen Sommertag im Walde oder an eine Winternacht da draußen, wenn die Sterne funkelten; er dachte an den Weihnachtsabend und an Klumpe-Dumpe, das einzige

Märchen, welches er gehört hatte und zu erzählen wußte, und dann war der Baum verbrannt.

Die Knaben spielten im Garten, und der kleinste hatte den Goldstern auf der Brust, den der Baum an seinem glücklichsten Abend getragen; und nun war der vorbei, und mit dem Baume war es vorbei und mit der Geschichte auch; vorbei – und so geht es mit allen Geschichten!

19

Sophie Reinheimer

Der Schnee

Heute war Weihnachten. –
Aber erst heute abend! – Jetzt war es noch ganz hell auf der Straße und im Garten, denn es war noch Tag.

»Heute abend ist Weihnachten«, zwitscherten die Spatzen sich im Garten gegenseitig zu, und dann flogen sie zu den Bäumen und Sträuchern hin, um es denen zu erzählen.

Aber die wußten es schon.

»Wir haben gesehen, wie der Christbaum in das Haus getragen wurde«, sagten sie. – Die Spatzen hatten aber noch viel mehr gesehen, denn neugierig, wie sie nun einmal waren, hatten sie sich den ganzen Nachmittag auf dem Fensterbrett herumgetrieben und in das Zimmer geguckt, worin die Weihnachtsbescherung aufgebaut war.

»Den Christbaum«, sagten sie, »haben wir auch gesehen; aber wir hätten ihn beinahe nicht wiedererkannt, so schön war er geschmückt mit Äpfeln und Nüssen und Gold und Silber und bunten Papierketten.«

»Wie schön!« sagten die Bäume und Sträucher

und blickten traurig auf ihre kahlen Äste nieder. Da waren nicht einmal mehr Blätter daran. Und der große Apfelbaum auf dem Rasenplatz gedachte wehmütig der schönen Zeit, in der er auch voll schöner roter Äpfel gehangen hatte.

»Vielleicht sind es meine Äpfel, die nun an dem Christbaum hängen«, sagte er. Das wußten freilich die Spatzen nicht; aber noch viel anderes wußten sie und erzählten es.

»Der kleine Junge, der Richard, der kriegt eine Kappe, und Hermine einen Mantel und ein Buch mit Geschichten; wir haben das alles auf dem Tische liegen sehen; auch eine schöne warme Decke für die Großmutter lag dabei, damit sie nicht friert. Aber das Schönste, das kommt erst noch! Heute abend, wenn die vielen Lichter an dem Christbaum erst alle brennen. Das wird herrlich!«

»Ja – ihr habt's gut«, brummte die dicke Pumpe, die auch im Garten stand. »Unsereins kriegt keine Geschenke und sieht nichts von Christbaum und Lichtern. Wenn ich doch auch fliegen könnte!«

Darüber mußten die Spatzen nun furchtbar lachen. Es war doch auch zu komisch, zu denken, daß die dicke Pumpe fliegen könne.

Die andern im Garten gaben aber alle der Pumpe recht.

»Wenn man wenigstens eine Kappe geschenkt bekäme«, riefen die hölzernen Pfähle des Gartenzauns.

»Oder einen schönen Mantel«, meinte das Dach der Laube.

Der Rasen wollte lieber eine warme Decke haben wie die Großmutter, um seine Grashälmchen damit zuzudecken, denn die froren gar gewaltig in dem kalten Winter.

»Ein Buch mit schönen Geschichten wäre auch nicht übel«, sagten die Sträucher. »Es ist doch manchmal ganz entsetzlich langweilig im Winter, wenn keine Schmetterlinge und Vögel kommen, um uns was zu erzählen.«

So wünschte sich alles im Garten etwas. Ja – wünschen konnten sie sich schon – aber wer sollte die Wünsche alle erfüllen? Das Christkind etwa? Ach – das hatte wahrhaftig gerade genug mit den Menschen zu tun.

Traurig blickten Bäume und Sträucher und der Rasenplatz und die Zaunpfähle zum Himmel hinauf; da war es ganz grau, ganz grau.

»Es ist schon das Klügste, wir schlafen ein«, sagte der Rasen. »Zu sehen bekommen wir ja doch nichts von all den Herrlichkeiten; es ist ja auch schon ganz dunkel geworden.« Die anderen dachten das auch, und bald darauf war es im ganzen Garten mäuschenstill. – Alles schlief.

Aber was war das, das plötzlich oben vom Himmel herunterkam? Lauter kleine weiße Flöckchen: Schneeflocken waren es. Was wollten sie wohl? Warum kamen sie herunter auf die Erde? Und so leise kamen sie, so leise, daß man sie gar nicht hörte. Und nur ganz sachte sprachen sie miteinander.

»Wie kalt das ist«, flüsterten die einen; »es ist nur gut, daß uns die Mutter Wolke unsere weißen Sternmäntelchen angezogen hat.« Sie waren sehr stolz auf ihre schönen weißen Sternmäntel, und die kleinsten von ihnen tanzten in der Luft herum vor lauter Vergnügen.

Ein paar ganz große Flocken waren auch dabei, aber sie flogen schon langsam und vernünftig ihres Weges daher und hielten auch die andern zur Ordnung an.

»Nun macht eure Sache gut«, sagten sie. »Und daß ihr nichts vergeßt! Und daß ihr schön leise macht, damit niemand im Garten aufwacht, sonst ist's mit der Überraschung vorbei.«

Die Schneeflocken nickten stumm. Nun waren die ersten unten im Garten angelangt. Nichts rührte und regte sich darin, alles schlief. Das war den Schneeflocken gerade recht, denn sie hatten eine große Überraschung vor. Leise wanderten sie zu den schlafenden Sträuchern und zu den Bäumen hin und schmückten sie fein zierlich aus. Kein Zweiglein, auch nicht das allerkleinste, wurde vergessen; es sah aus, als wäre alles in Zucker getaucht. Und wie flink die kleinen Schneeflocken bei ihrer Arbeit waren und wie leise sie taten. Es war sehr gut, daß so viele Schneeflocken daran waren, denn es gab eine Menge zu tun. Das Dach der Laube sollte einen Mantelkragen bekommen, so wie es sich einen gewünscht hatte. Das war aber gar nicht so leicht, denn die Laube war schon alt und hatte keinen so festen Schlaf mehr; sie knackste manchmal ganz unheimlich, so daß die Schneeflocken sehr erschraken und schon dachten, die Laube könne aufwachen; aber sie hatte nur im Traum geknackst, so wie die Menschen manchmal im Traum sprechen.

Am meisten Arbeit aber machte doch die Decke für den großen Rasenplatz. Die guten Schneeflokken hatten ihre eigenen Sternenmäntelchen dazu hergegeben, – viele, viele tausend davon lagen schon auf dem Rasen. Aber immer noch war die Decke nicht dick und warm genug, und es mußten immer und immer noch Schneeflocken vom Himmel herunterkommen und ihre Mäntelchen oben drauflegen.

Endlich, endlich war die Decke fertig. Es war eine prachtvolle Decke – so frisch und weiß und warm. Nun froren die armen Grashälmchen sicher nicht mehr.

»Ist nun alles fertig?« fragten die Schneeflocken.

»Ach nein – ach nein«, flüsterte es an allen Ecken und Enden, »wir sind noch lange nicht fertig! Es sind aber auch so entsetzlich viele Kappen, die wir aufzusetzen haben. Helft uns doch, helft uns doch, sonst kommt der Morgen und wir sind noch nicht fertig.« – Nun ging es aber husch! husch! an das Austeilen der Kappen. Jedes Ding im Garten, das noch nichts bekommen hatte, bekam ein weißes Schneepelzkäppchen aufgesetzt: jeder Stein, jeder Pfahl am Zaun, sogar die alte Pumpe bekam eins. Weil es aber so arg in der Eile ging, kam es wohl vor, daß eins oder das andere eine Mütze bekam, die ihm zu groß oder zu klein war – oder daß sie ihm schief auf dem Kopfe saß. Aber das schadete nichts. Die Hauptsache war, daß niemand vergessen wurde und daß man bald fertig war. Und man war bald fertig. Nun brauchten keine Schneeflokken mehr zu kommen. Nur noch ein paar wurden von der Mutter Wolke herabgeschickt; die sollten nachsehen, ob die andern ihre Sache gut gemacht hatten. Das hatten sie wirklich, man konnte mit ihnen zufrieden sein.

Und nun war eine Weile wieder alles ganz still im Garten. Aber dann am anderen Morgen – das hättet ihr sehen sollen! Das war ein Erstaunen, ein Jubel und eine Freude, als nach und nach alle aufwachten und die Bescherung sahen. Die Sträucher wagten sich nicht zu rühren aus Angst, etwas von dem herrlichen Schmuck zu verlieren. Der Rasenplatz war glücklich über die schöne, warme Decke, die alte Laube aber, die sonst immer als erste aufgewacht war vor Kälte, die wachte heute zu allerletzt auf, so gut hatte sie in ihrem warmen Kragen geschlafen.

Am allermeisten Vergnügen hatten aber doch die Zaunpfähle.

»Dürfen wir diese schönen Kappen nun wohl immer behalten?« fragten sie. Aber der Morgenwind, der gerade des Weges daherspaziert kam, gab ihnen gleich die gehörige Antwort darauf.

»Wo denkt ihr hin«, sagte er, »wartet nur, bis die Sonne kommt, die wird sie euch schon von den Ohren ziehen; sie mag solche Verwöhnung nicht leiden.« Er ärgerte gern ein bißchen die Leute, der Morgenwind. »Pff!« machte er und blies noch rasch im Vorbeigehen dem einen Strauch ein bißchen von seinem Schmuck herunter, so daß ein kleines weißes Schneewölkchen in die Höhe flog.

Nun kam noch ein anderer Besuch in den Garten, ein Rabe, ganz feierlich, im schwarzen Anzug.

Er habe von der herrlichen Bescherung gehört und komme, sie sich anzusehen, sagte er. Dabei nahm er auf der alten Pumpe Platz.

»Was haben Sie denn da für eine Schlafmütze auf?« fragte er. »Sind Sie so faul, daß Sie eine brauchen?« Und dabei hob er das eine Bein und strich der Pumpe die schöne, neue Kappe vom Kopfe herunter.

»Mach, daß du fortkommst, Grobian!« sagte sie

und drohte ihm mit ihrem Schwengel, so daß der Rabe Angst bekam und fortflog.

»Ich will einmal probieren, wie sich's auf dem neuen Teppich geht«, sagte er. »Ganz schön, nur ein bißchen glatt ist er, so ganz ohne Muster, ich will euch eins daraufmachen.«

Und nun hüpfte er auf dem Teppich herum, und überall, wo er hinhüpfte, gab es Striche, so daß der Teppich wirklich ganz gemustert aussah. Die andern fanden, daß der Teppich früher viel schöner gewesen war; aber dem Raben gefiel es so viel besser, und er hätte sicher noch mehr Muster auf den Teppich gemacht, wenn – ja wenn nicht plötzlich mit großer Geschwindigkeit etwas Rotes dahergesaust gekommen wäre. Es war ein Schlitten. Die Kinder hatten ihn zu Weihnachten bekommen und freuten sich nun sehr, daß das Christkind ihnen auch den Schnee dazu geschickt hatte. Rings um den Rasen herum ging die fröhliche Fahrt. Dann wurde haltgemacht, und nun kamen die Schneeballen an die Reihe. Hui! da flogen sie – hier einer, da einer. Es war ein großes Vergnügen, ein richtiges, echtes Wintervergnügen.

Aber das Schönste kam noch. Das Schönste war ein Schneemann, den die Kinder aufbauten, gerade vor der alten Laube, als stehe er Schildwache davor. Es war ein prächtiger Schneemann, er mußte jedem gefallen, und er gefiel auch allen.

»Ein netter Kamerad, den wir da bekommen haben«, sagten die Zaunpfähle. »Hoffentlich versteht er sich auch aufs Erzählen, damit wir ein wenig Unterhaltung haben.«

Es wagte aber niemand, den Schneemann anzureden.

Glücklicherweise fing dieser von selbst an.

»Guten Morgen!« sagte er. »Guten Morgen!« antwortete es von allen Seiten.

»Es ist schönes Wetter heute«, sagte der Schneemann; etwas anderes fiel ihm gerade nicht ein.

»Ja – aber heute nacht hat es geschneit.«

»Hm« – machte der Schneemann, »natürlich hat es geschneit – stände ich sonst hier? – Nein, dann hätte ich sicher mit der Wolke noch ein gut Stück weiterreisen können und hätte noch viel von der Welt gesehen.«

»Ei«, sagten die Sträucher, »Sie haben gewiß schon schöne Reisen bis hierher gemacht, wollen Sie uns nicht davon erzählen?«

»Gern«, sagte der Schneemann. – Und dann erzählte er.

»Ihr habt doch vorhin die Kinder in ihren Schlitten fahren sehen? Das war ein Vergnügen, nicht wahr? Was würden diese Kinder wohl erst für ein Vergnügen haben, wenn sie in dem Lande wohnten, von dem ich mit der Schneewolke hergereist bin. Da liegt nämlich das ganze Jahr hindurch

Schnee, so daß man immer Schlitten fahren muß. Das ist lustig, nicht wahr? Die Schlitten werden aber dort von großen Tieren gezogen, man nennt sie Rentiere. Die armen Tiere; der Schnee deckt ihnen oft alles Futter auf der Erde zu, sie müssen es sich erst unter dem Schnee hervorholen. Ich habe sie mit ihren großen Hörnern den Schnee fortschaufeln sehen. In diesem Lande ist es bitterkalt. Die Leute haben immer dicke Pelze an. Ja, wenn man mit einer Schneewolke reist wie ich, dann bekommt man wirklich viel Merkwürdiges zu sehen.

Habt ihr vielleicht schon einmal ein Haus aus Schnee gesehen? Nein, aber ich habe eins gesehen – ja, ja, eine richtige kleine Hütte war's, mit Fenstern und Tür und Schornstein; auch Leute wohnten drin. Meint ihr vielleicht, die Leute hätten in ihren Schneehütten gefroren? O nein, der Schnee hielt sie schön warm. Der Schnee macht überhaupt schön warm. Einmal sah ich einen Mann, der hatte sich seine Nase rot und blau gefroren. Was glaubt ihr, was der tat? Er hob Schnee von der Erde auf und rieb sich seine Nase damit, und als er dies ein paarmal getan hatte, da war die Nase wieder heil, und der Mann war dem Schnee sehr dankbar dafür.

Ich habe auf meiner Reise noch mehr Leute gesehen, die sich freuten, daß es geschneit hatte. Da war zum Beispiel ein Mann, der mußte in der Nacht durch den Wald nach Hause gehen. Er hatte keine Laterne bei sich und hätte sich sicher im Walde verloren, wenn nicht der Weg und der ganze Wald voll Schnee gelegen hätte. Der Schnee machte so hell, daß der Mann doch seinen Weg nach Hause fand. Freilich manchen habe ich auch gesehen, der freute sich gar nicht über den Schnee. Zum Beispiel der Tannenbaum in dem Walde, der an der Schneelast auf seinen Zweigen schwer zu tragen hatte. Oder die Leute, denen der Schnee eine hohe Mauer vor der Tür gebaut hatte, so daß sie gar nicht herauskonnten. Und dann die, denen vom Dach eine Schneelawine auf den Kopf fiel, und die, denen der Sturm soviel Schnee in die Augen blies, daß sie gar nicht sehen konnten.«

In diesem Augenblick kam die Sonne hinter den Wolken hervor.

»Uff!« machte der Schneemann auf einmal, »da ist sie. Nun ist es aus mit mir, ihr werdet es gleich sehen.«

Sie sahen aber zuerst gar nichts, als daß auf einmal aller Schnee ganz wunderschön in der Sonne glitzerte. Es war eine wahre Pracht, die die Sonne da hervorgezaubert hatte. »Traut ihr nicht«, sagte der Schneemann, »die Herrlichkeit wird gleich zu Ende sein. Oh, wäre ich doch mit der Wolke fortgezogen, weiter zu den hohen Bergen hin, wo es so herrlich kalt ist, daß die Schneeflocken nicht in der Sonne zu sterben brauchen, sondern in Eis verwandelt werden und ewig leben.«

So sprach der Schneemann.

Aber was war denn das? Der ganze Garten weinte ja auf einmal. Von jedem Strauch, von jedem Zaunpfahl, von der Laube und von der Pumpe fielen große Tropfen herab in den Schnee, und jeder machte ein Loch hinein. Weinten sie alle, weil der Schneemann vom Sterben sprach, der Schneemann, der ihnen so hübsch erzählt hatte?

Ach nein – es war Tauwetter eingetroffen, das war's. Immer mehr Sonnenstrahlen kamen, und jeder schmolz ein bißchen von dem Schnee hinweg, jeder ließ ein Stückchen Herrlichkeit zerfließen.

Und gerade, als sie am allerschönsten war.

Aber so geht es ja immer.

20

Peter Rosegger

Als ich Christtagsfreude holen ging

In meinem zwölften Lebensjahre wird es gewesen sein, als am Frühmorgen des heiligen Christabends mein Vater mich an der Schulter rüttelte: ich solle aufwachen und zur Besinnung kommen, er habe mir was zu sagen. Die Augen waren bald offen, aber die Besinnung! Als ich unter Mithilfe der Mutter angezogen war und bei der Frühsuppe saß, verlor sich die Schlaftrunkenheit allmählich, und nun sprach mein Vater: »Peter, jetzt höre, was ich dir sage. Da nimm einen leeren Sack, denn du wirst was heimtragen. Da nimm meinen Stecken, denn es ist viel Schnee, und da nimm eine Laterne, denn der Pfad ist schlecht, und die Stege sind vereist. Du mußt hinabgehen nach Langenwang. Den Holzhändler Spreitzegger zu Langenwang, den kennst du, der ist mir noch immer das Geld schuldig, zwei Gulden und sechsunddreißig Kreuzer für den Lärchbaum. Ich laß ihn bitten drum; schön höflich anklopfen und den Hut abnehmen, wenn du in sein Zimmer trittst. Mit dem Geld gehst nachher zum Kaufmann Doppelreiter und kaufst zwei Maßel Semmelmehl und zwei Pfund Rindschmalz und um zwei Groschen Salz, und das tragst heim.«

Jetzt war aber auch meine Mutter zugegen, ebenfalls schon angekleidet, während meine sechs jüngeren Geschwister noch ringsum an der Wand in ihren Bettchen schliefen. Die Mutter, die redete drein wie folgt: »Mit Mehl und Schmalz und Salz allein kann ich kein Christtagsessen richten. Ich brauch dazu noch Germ (Bierhefe) um einen Groschen, Weinbeerln um fünf Kreuzer, Zucker um fünf Groschen, Safran um zwei Groschen und Neugewürz um zwei Kreuzer. Etliche Semmeln werden auch müssen sein.«

»So kaufst es«, setzte der Vater ruhig bei. »Und wenn dir das Geld zu wenig wird, so bittest den Herrn Doppelreiter, er möcht die Sachen derweil borgen, und zu Ostern, wenn die Kohlenraitung (Verrechnung) ist, wollt ich schon fleißig zahlen. Eine Semmel kannst unterwegs selber essen, weil du vor Abend nicht heimkommst. Und jetzt kannst gehen, es wird schon fünf Uhr, und daß du noch die Achte-Messe erlangst zu Langenwang.«

Das war alles gut und recht. Den Sack band mein Vater mir um die Mitte, den Stecken nahm ich in die rechte Hand, die Laterne mit der frischen Unschlittkerze in die linke, und so ging ich davon, wie ich zu jener Zeit in Wintertagen oft davongegangen war. Der durch wenige Fußgeher ausgetretene

Pfad war holperig im tiefen Schnee, und es ist nicht immer leicht, nach den Fußstapfen unserer Vorderen zu wandeln, wenn diese zu lange Beine gehabt haben. Noch nicht dreihundert Schritte war ich gegangen, so lag ich im Schnee, und die Laterne, hingeschleudert, war ausgelöscht. Ich suchte mich langsam zusammen, und dann schaute ich die wunderschöne Nacht an. Anfangs war sie ganz grausam finster, allmählich hub der Schnee an, weiß zu werden und die Bäume schwarz, und in der Höhe war helles Sternengefunkel. In den Schnee fallen kann man auch ohne Laterne, so stellte ich sie seithin unter einen Strauch, und ohne Licht ging's nun besser als vorhin.

In die Talschlucht kam ich hinab, das Wasser des Fresenbaches war eingedeckt mit glattem Eise, auf welchem, als ich über den Steg ging, die Sterne des Himmels gleichsam Schlittschuh liefen. Später war ein Berg zu übersteigen; auf dem Passe, genannt der »Höllkogel«, stieß ich zur wegsamen Bezirksstraße, die durch Wald und Wald hinabführt in das Mürztal. In diesem lag ein weites Meer von Nebel, in welches ich sachte hineinkam, und die feuchte Luft fing an, einen Geruch zu haben, sie roch nach Steinkohlen; und die Luft fing an, fernen Lärm an mein Ohr zu tragen, denn im Tale hämmerten die Eisenwerke, rollte manchmal ein Eisenbahnzug über dröhnende Brücken.

Nach langer Wanderung ins Tal gekommen zur Landstraße, klingelte Schlittengeschelle, der Nebel ward grau und lichter, so daß ich die Fuhrwerke und Wandersleute, die für die Feiertage nach ihren Heimstätten reisten, schon auf kleine Strecken weit sehen konnte. Nachdem ich eine Stunde lang im Tale fortgegangen war, tauchte links an der Straße im Nebel ein dunkler Fleck auf, rechts auch einer, links mehrere, rechts eine ganze Reihe – das Dorf Langenwang.

Alles, was Zeit hatte, ging der Kirche zu, denn der Heilige Abend ist voller Vorahnung und Gottesweihe. Bevor noch die Messe anfing, schritt der hagere gebückte Schulmeister durch die Kirche, musterte die Andächtigen, als ob er jemanden suche. Endlich trat er an mich und fragte leise, ob ich ihm nicht die Orgel melken wolle, es sei der Mesnerbub krank. Voll Stolz und Freude, also zum Dienste des Herrn gewürdigt zu sein, ging ich mit ihm auf den Chor, um bei der heiligen Messe den Blasebalg der Orgel zu ziehen. Während ich die zwei langen Lederriemen abwechselnd aus dem Kasten zog, in welchem jeder derselben allemal wieder langsam hineinkroch, orgelte der Schulmeister, und seine Tochter sang also:

»Tauet, Himmel, den Gerechten,
Wolken, regnet ihn herab!
Also rief in bangen Nächten
einst die Welt, ein weites Grab.
In von Gott verhaßten Gründen
herrschten Satan, Tod und Sünden,
fest verschlossen war das Tor
zu dem Himmelreich empor.«

Ferner erinnere ich mich, an jenem Morgen nach dem Gottesdienste in der dämmerigen Kirche vor ein Heiligenbild hingekniet zu sein und gebetet zu haben um Glück und Segen zur Erfüllung meiner bevorstehenden Aufgabe. Das Bild stellte die vierzehn Nothelfer dar – einer wird doch dabei sein, der zur Eintreibung von Schulden behilflich ist. Es schien mir aber, als schiebe während meines Gebetes auf dem Bilde einer sich sachte hinter den andern zurück.

Trotzdem ging ich guten Mutes hinaus in den nebeligen Tag, wo alles emsig war in der Vorbereitung zum Feste, und ging dem Hause des Holzhändlers Spreitzegger zu. Als ich daran war, zur vorderen Tür hineinzugehen, wollte der alte Spreitzegger, soviel ich mir später reimte, durch die hintere Tür entwischen. Es wäre ihm gelungen, wenn mir nicht im Augenblicke geschwant hätte: Peter, geh nicht zur vorderen Tür ins Haus wie ein

Herr, sei demütig, geh zur hinteren Tür hinein, wie es dem Waldbauernbuben geziemt. Und knapp an der hinteren Türe trafen wir uns.

»Ah, Bübel, du willst dich wärmen gehen«, sagte er mit geschmeidiger Stimme und deutete ins Haus, »na geh dich nur wärmen. Ist kalt heut!« Und wollte davon.

»Mir ist nicht kalt«, antwortete ich, »aber mein Vater läßt den Spreitzegger schön grüßen und bitten ums Geld.«

»Ums Geld? Wieso?« fragte er, »ja richtig, du bist der Waldbauernbub. Bist früh aufgestanden, heut, wenn du schon den weiten Weg kommst. Rast nur ab. Und ich laß deinen Vater auch schön grüßen und glückliche Feiertage wünschen; ich komm ohnehin ehzeit einmal zu euch hinauf, nachher wollen wir schon gleich werden.«

Fast verschlug's mir die Rede, stand doch unser ganzes Weihnachtsmahl in Gefahr vor solchem Bescheid.

»Bitt wohl von Herzen schön ums Geld, muß Mehl kaufen und Schmalz und Salz, und ich darf nicht heimkommen mit leerem Sack.«

Er schaute mich starr an. »Du kannst es!« brummte er, zerrte mit zäher Gebärde seine große, rote Brieftasche hervor, zupfte in den Papieren, die wahrscheinlich nicht pure Banknoten waren, zog einen Gulden heraus und sagte: »Na, so nimm derweil das, in vierzehn Tagen wird dein Vater den Rest schon kriegen. Heut hab ich nicht mehr.«

Den Gulden schob er mir in die Hand, ging davon und ließ mich stehen.

Ich blieb aber nicht stehen, sondern ging zum Kaufmann Doppelreiter. Dort begehrte ich ruhig und gemessen, als ob nichts wäre, zwei Maßel Semmelmehl, zwei Pfund Rindschmalz, um zwei Groschen Salz, um einen Groschen Germ, um fünf Kreuzer Weinbeerln, um fünf Groschen Zucker, um zwei Groschen Safran und um zwei Kreuzer Neugewürz. Der Herr Doppelreiter bediente mich selbst und machte mir alles hübsch zurecht in Päckchen und Tütchen, die er dann mit Spagat zusammen in ein einziges Paket band und an den Mehlsack so hing, daß ich das Ding über der Achsel tragen konnte, vorn ein Bündel und hinten ein Bündel.

Als das geschehen war, fragte ich mit einer nicht minder tückischen Ruhe als vorhin, was das alles zusammen ausmache.

»Das macht drei Gulden fünfzehn Kreuzer«, antwortete er mit Kreide und Mund.

»Ja, ist schon recht«, hierauf ich, »da ist derweil ein Gulden, und das andere wird mein Vater, der Waldbauer in Alpel, zu Ostern zahlen.«

Schaute mich der bedauernswerte Mann an und

fragte höchst ungleich: »Zu Ostern? In welchem Jahr?« »Na, nächst Ostern, wenn die Kohlenraitung ist.«

Nun mischte sich die Frau Doppelreiter, die andere Kunden bediente, drein und sagte: »Laß ihm's nur, Mann, der Waldbauer hat schon öfter auf Borg genommen und nachher allemal ordentlich bezahlt. Laß ihm's nur.«

»Ich laß ihm's ja, werd ihm's nicht wieder wegnehmen«, antwortete der Doppelreiter. Das war doch ein bequemer Kaufmann! Jetzt fielen mir auch die Semmeln ein, welche meine Mutter noch bestellt hatte. »Kann man da nicht auch fünf Semmeln haben?« fragte ich.

»Semmeln kriegt man beim Bäcker«, sagte der Kaufmann.

Das wußte ich nun gleichwohl, nur hatte ich mein Lebtag nichts davon gehört, daß man ein paar Semmeln auf Borg nimmt, daher vertraute ich der Kaufmännin, die sofort als Gönnerin zu betrachten war, meine vollständige Zahlungsunfähigkeit an. Sie gab mir zwei bare Groschen für Semmeln, und als sie nun noch beobachtete, wie meine Augen mit den reiffeuchten Wimpern fast unablösbar an den gedörrten Zwetschgen hingen, die sie einer alten Frau in den Korb tat, reichte sie mir auch noch eine Handvoll dieser köstlichen Sache zu: »Unterwegs zum Naschen.«

Nicht lange hernach, und ich trabte, mit meinen Gütern reich und schwer bepackt, durch die breite Dorfgasse dahin. Überall in den Häusern wurde gemetzgert, gebacken, gebraten, gekeltert; ich beneidete die Leute nicht; ich bedauerte sie vielmehr, daß sie nicht ich waren, der, mit so großem Segen beladen, gen Alpel zog. Das wird morgen ein Christtag werden! Denn die Mutter kann's, wenn sie die Sachen hat. Ein Schwein ist ja auch geschlachtet worden daheim, das gibt Fleischbrühe mit Semmelbrocken, Speckfleck, Würste, Nieren-Lümperln, Knödelfleisch mit Kren, dann erst die Krapfen, die Zuckernudeln, das Schmalzkoch mit Weinbeerln und Safran! – Die Herrenleut da in Langenwang haben so was alle Tag, das ist nichts, aber wir haben es im Jahr einmal und kommen mit unverdorbenem Magen dazu, *das* ist was! – Und doch dachte ich auf diesem belasteten Freudenmarsch weniger noch ans Essen, als an das liebe Christkind und sein hochheiliges Fest. Am Abende, wenn ich nach Hause komme, werde ich aus der Bibel davon vorlesen, die Mutter und die Magd Mirzel werden Weihnachtslieder singen; dann, wenn es zehn Uhr wird, werden wir uns aufmachen nach Sankt Kathrein und in der Kirche die feierliche Christmette begehen bei Glocken, Musik und unzähligen Lichtern. Und am Seitenaltar ist das Krippel aufgerichtet, mit Ochs und Esel und den Hirten, und auf dem Berg die Stadt Bethlehem, und darüber die Engel, singend: Ehre sei Gott in der Höhe! – Diese Gedanken trugen mich anfangs wie Flügel. Doch als ich eine Weile die schlittenglatte Landstraße dahingegangen war, unter den Füßen knirschenden Schnee, mußte ich mein Doppelbündel schon einmal wechseln von einer Achsel auf die andere.

In der Nähe des Wirtshauses »Zum Sprengzaun« kam mir etwas Vierspänniges entgegen. Ein leichtes Schlittlein, mit vier feurigen, hochaufgefederten Rappen bespannt, auf dem Bock ein Kutscher mit glänzenden Knöpfen und einem Buttenhut. Der Kaiser? Nein, der Herr Wachtler vom Schlosse Hohenwang saß im Schlitten, über und über in Pelze gehüllt und eine Zigarre schmauchend. Ich blieb stehen, schaute dem blitzschnell vorüberrutschenden Zeug eine Weile nach und dachte: Etwas krumm ist es doch eingerichtet auf dieser Welt: Da sitzt ein starker Mann drin und läßt sich hinziehen mit so viel überschüssiger Kraft, und ich vermag mein Bündel kaum zu schleppen.

Mittlerweile war es Mittagszeit geworden. Durch den Nebel war die milchweiße Scheibe der Sonne zu sehen; sie war nicht hoch am Himmel hinaufgestiegen, denn um vier Uhr wollte sie ja wieder unten sein, zur langen Christnacht. Ich fühlte in den Beinen manchmal so ein heißes Prickeln, das bis in die Brust hinaufstieg, es zitterten mir die Glieder. Nicht weit von der Stelle, wo der Weg nach Alpel abzweigt, stand ein Kreuz mit dem lebensgroßen Bilde des Heilands. Es stand, wie es heute noch steht, an seinem Fuß Johannes und Magdalena, das Ganze mit einem Bretterverschlag verwahrt, so daß es wie eine Kapelle war. Vor dem Kreuze auf die Bank, die für kniende Beter bestimmt ist, setzte ich mich nieder, um Mittag zu halten. Eine Semmel, die gehörte mir, meine Neigung zu ihr war so groß, daß ich sie am liebsten in wenigen Bissen verschluckt hätte. Allein das schnelle Schlucken ist nicht gesund, das wußte ich von anderen Leuten, und das langsame Essen macht einen längeren Genuß, das wußte ich schon von mir selber. Also beschloß ich, die Semmel recht gemächlich und bedächtig zu genießen und dazwischen manchmal eine gedörrte Zwetschge zu naschen.

Es war eine sehr köstliche Mahlzeit; wenn ich heute etwas recht Gutes haben will, das kostet außerordentliche Anstrengungen aller Art; ach, wenn man nie und nie einen Mangel zu leiden hat, wie wird man da arm!

Und wie war ich so reich damals, als ich arm war! Als ich nach der Mahlzeit mein Doppelbündel wieder auflud, war's ein Spaß mit ihm, flink ging es voran. Als ich später in die Bergwälder hinaufkam und der graue Nebel dicht in den schneebeschwerten Bäumen hing, dachte ich an den Grabler Hansel. Das war ein Kohlenführer, der täglich von Alpel seine Fuhre ins Mürztal lieferte. Wenn er auch heute gefahren wäre! Und wenn er jetzt heimwärts mit dem leeren Schlitten des Weges käme und mir das Bündel auflüde! Und am Ende gar mich selber! Daß es so heiß sein kann im Winter! Mitten in Schnee und Eisschollen schwitzen! Doch morgen wird alle Mühsal vergessen sein. – Derlei Gedanken und Vorstellungen verkürzten mir unterwegs die Zeit.

Auf einmal roch ich starken Tabakrauch. Knapp hinter mir ging – ganz leise auftretend – der grüne Kilian. Der Kilian war früher einige Zeitlang Forstgehilfe in den gewerkschaftlichen Waldungen gewesen, jetzt war er's nicht mehr, wohnte mit seiner Familie in einer Hütte drüben in der Fischbacher Gegend, man wußte nicht recht, was er trieb. Nun ging er nach Hause. Er hatte einen Korb auf dem Rücken, an dem er nicht schwer zu tragen schien, sein Gewand war noch ein jägermäßiges, aber hübsch abgetragen, und sein schwarzer Vollbart ließ nicht viel sehen von seinem etwas fahlen Gesicht. Als ich ihn bemerkt hatte, nahm er die Pfeife aus dem Mund, lachte laut und sagte: »Wo schiebst denn hin, Bub?«

»Heimzu«, meine Antwort.

»Was schleppst denn?«

»Sachen für den Christtag.«

»Gute Sachen? Der Tausend sapperment! Wem gehörst denn zu?«

»Dem Waldbauer.«

»Zum Waldbauer willst gar hinauf! Da mußt gut antauchen.«

»Tu's schon«, sagte ich und tauchte an.

»Nach einem solchen Marsch wirst gut schlafen bei der Nacht«, versetzte der Kilian, mit mir gleichen Schritt haltend.

»Heut wird nicht geschlafen bei der Nacht, heut ist Christnacht.«

»Was willst denn sonst tun, als schlafen bei der Nacht?«

»Nach Kathrein in die Mette gehen.«

»Nach Kathrein?« fragte er, »den weiten Weg?«

»Um zehn Uhr abends gehen wir von Haus fort, und um drei Uhr früh sind wir wieder daheim.«

Der Kilian biß in sein Pfeifenrohr und sagte: »Na hörst du, da gehört viel Christentum dazu. Beim Tag ins Mürztal und bei der Nacht in die Mette nach Kathrein! So viel Christentum hab ich nicht, aber das sage ich dir doch: Wenn du dein Bündel in meinen Buckelkorb tun willst, daß ich es dir eine Zeitlang trag und du dich ausrasten kannst, so hast ganz recht, warum soll der alte Esel nicht auch einmal tragen!« Damit war ich einverstanden, und während mein Bündel in seinen Korb sank, dachte ich: Der grüne Kilian ist halt doch ein besserer Mensch, als man sagt.

Dann rückten wir wieder an, ich huschte frei und leicht neben ihm her.

»Ja ja, die Weihnachten!« sagte der Kilian fauchend, »da geht's halt drunter und drüber. Da reden sich die Leut in eine Aufregung und Frömmigkeit hinein, die gar nicht wahr ist. Im Grund ist der Christtag wie jeder andere Tag, nicht einen Knopf anders. Der Reiche, ja, der hat jeden Tag Christtag, unsereiner hat jeden Tag Karfreitag.«

»Der Karfreitag ist auch schön«, war meine Meinung.

»Ja, wer genug Fische und Butter und Eier und Kuchen und Krapfen hat zum Fasten!« lachte der Kilian.

Mir kam sein Reden etwas heidentümlich vor. Doch was er noch weiters sagte, das verstand ich nicht mehr, denn er hatte angefangen, sehr heftig zu gehen, und ich konnte nicht recht nachkommen. Ich rutschte auf dem glitschigen Schnee mit jedem Schritt ein Stückchen zurück, der Kilian hatte Fußeisen angeschnallt, hatte lange Beine, war nicht abgemattet – da ging's freilich voran.

»Herr Kilian!« rief ich.

Er hörte es nicht. Der Abstand zwischen uns wurde immer größer, bei Wegbiegungen entschwand er mir manchmal ganz aus den Augen, um nachher wieder in größerer Entfernung, halb schon von Nebeldämmerung verhüllt, aufzutauchen. Jetzt wurde mir bang um mein Bündel. Kamen wir ja doch schon dem Höllkogel nahe. Das ist jene Stelle, wo der Weg nach Alpel und der Weg nach Fischbach sich gabeln. Ich hub an zu laufen; im Angesicht der Gefahr war alle Müdigkeit dahin, ich lief wie ein Hündlein und kam immer näher. Was wollte ich aber anfangen, wenn ich ihn eingeholt hätte, wenn ihm der Wille fehlte, die Sachen herzugeben, und mir die Kraft, sie zu nehmen? Das kann ein schönes Ende werden mit diesem Tage, denn die Sachen lasse ich nicht im Stich, und sollte ich ihm nachlaufen müssen bis hinter den Fischbacher Wald zu seiner Hütte!

Als wir denn beide so merkwürdig schnell vorwärts kamen, holten wir ein Schlittengespann ein, das vor uns mit zwei grauen Ochsen und einem schwarzen Kohlenführer langsam des Weges schliff. Der Grabler Hansel. Mein grüner Kilian wollte schon an dem Gespann vorüberhuschen, da schrie ich von hinten her aus Leibeskräften: »Hansel! Hansel! Sei so gut, leg mir meine Christtagsachen auf den Schlitten, der Kilian hat sie im Korb, und er soll sie dir geben!«

Mein Geschrei muß wohl sehr angstvoll gewesen sein, denn der Hansel sprang sofort von seinem Schlitten und nahm eine tatbereite Haltung ein. Und wie der Kilian merkte, ich hätte hier einen Bundesgenossen, riß er sich den Korb vom Rücken und schleuderte das Bündel auf den Schlitten. Noch knirschte er etwas von »dummen Bären« und »Undankbarkeit«, dann war er aber auch schon davon.

Der Hansel rückte das Bündel zurecht und fragte, ob man sich draufsetzen dürfe. Das, bat ich, nicht zu tun. So tat er's auch nicht, wir setzten uns hübsch nebeneinander auf den Schlitten, und ich hielt auf dem Schoß sorgfältig mit beiden Händen die Sachen für den Christtag. So kamen wir endlich nach Alpel. Als wir zur ersten Fresenbrücke gekommen waren, sagte der Hansel zu den Ochsen: »Oha!« und zu mir: »So!«

Die Ochsen verstanden und blieben stehen, ich verstand nicht und blieb sitzen. Aber nicht mehr lange, es war ja zum Aussteigen, denn der Hansel mußte links in den Graben hinein und ich rechts den Berg hinauf.

»Dank dir's Gott, Hansel!«

»Ist schon gut, Peterl.«

Zur Zeit, da ich mit meiner Last den steilen Berg hinanstieg gegen mein Vaterhaus, begann es zu dämmern und zu schneien. Und zuletzt war ich doch daheim.

»Hast alles?« fragte die Mutter am Kochherd mir entgegen.

»Alles!«

»Brav bist. Und hungrig wirst sein.«

Beides ließ ich gelten. Sogleich zog die Mutter mir die klingendhart gefrorenen Schuhe von den Füßen, denn ich wollte, daß sie frisch eingefettet würden für den nächtlichen Mettengang. Dann setzte ich mich in der warmen Stube zum Essen.

Aber siehe, während des Essens geht es zu Ende mit meiner Erinnerung. – Als ich wieder zu mir kam, lag ich wohlausgeschlafen in meinem warmen Bette, und zum kleinen Fenster herein schien die Morgensonne des Christtages.

21

Theodor Storm

Unter dem Tannenbaum

Der Weihnachtsabend begann zu dämmern. – Der Amtsrichter war mit seinem Sohne auf der Rückkehr von einem Spaziergange; Frau Ellen hatte sie auf ein Stündchen fortgeschickt. Vor ihnen im Grunde lag die kleine Stadt; sie sahen deutlich, wie aus allen Schornsteinen der Rauch emporstieg; denn dahinter am Horizont stand feuerfarben das Abendrot. – Sie sprachen von den Großeltern drüben in der alten Heimat; dann von den letzten Weihnachten, die sie dort erlebt hatten.

»Und am Vorabend«, sagte der Vater, »als Knecht Ruprecht zu uns kam mit dem großen Bart und dem Quersack und der Rute in der Hand!«

»Ich wußte wohl, daß es Onkel Johannes war«, erwiderte der Knabe, »der hatte immer so etwas vor!«

»Weißt du denn auch noch die Worte, die er sprach?«

Harro sah den Vater an und schüttelte den Kopf.

»Wart nur«, sagte der Amtsrichter, »die Verse liegen zu Haus in meinem Pult; vielleicht bekomm ich's noch beisammen!« Und nach einer Weile fuhr er fort: »Entsinne dich nur, wie erst die drei Rutenhiebe von draußen auf die Tür fielen und wie dann die rauhe borstige Gestalt mit der großen Hakennase in die Stube trat!« Dann hub er langsam und mit tiefer Stimme an:

»Von drauß' vom Walde komm ich her,
Ich muß euch sagen, es weihnachtet sehr!
Allüberall auf den Tannenspitzen
Sah ich goldene Lichtlein sitzen.
Und droben aus dem Himmelstor
Sah mit großen Augen das Christkind hervor.
Und wie ich so strolcht' durch den dichten Tann,
Da rief's mich mit heller Stimme an;
›Knecht Ruprecht‹, rief es, ›alter Gesell,
Hebe die Beine und spute dich schnell!
Die Kerzen fangen zu brennen an,
Das Himmelstor ist aufgetan,
Alt' und Junge sollen nun
Von der Jagd des Lebens einmal ruhn;
Und morgen flieg ich hinab zur Erden,
Denn es soll wieder Weihnachten werden!‹
Ich sprach: ›O, lieber Herre Christ,
Meine Reise fast zu Ende ist;
Ich soll nur noch in diese Stadt,
Wo's eitel brave Kinder hat.‹
›Hast denn das Säcklein auch bei dir?‹
Ich sprach: ›Das Säcklein, das ist hier;

Denn Apfel, Nuß und Mandelkern
Fressen fromme Kinder gern!‹
›Hast denn die Rute auch bei dir?‹
Ich sprach: ›Die Rute, die ist hier!
Doch für die Kinder nur, die schlechten,
Die trifft sie auf den Teil, den rechten!‹
Christkindlein sprach: ›So ist es recht,
So geh mit Gott, mein treuer Knecht!‹
Von drauß' vom Walde komm ich her;
Ich muß euch sagen, es weihnachtet sehr!
Nun sprecht, wie ich's hier innen find?
Sinds gute Kind, sinds böse Kind?«

»Aber«, fuhr der Amtsrichter mit veränderter Stimme fort, »ich sagte dem Knecht Ruprecht:

Der Junge ist von Herzen gut,
Hat nur mitunter was trotzigen Mut!«

»Ich weiß, ich weiß!« rief Harro triumphierend; und den Finger emporhebend und mit listigem Ausdruck setzte er hinzu: »Dann kam so etwas!«

»Was dich in großes Geschrei brachte; denn Knecht Ruprecht schwang seine Rute und sprach:

Heißt es bei euch denn nicht mitunter:
Nieder den Kopf und die Hosen herunter?«

»O«, sagte Harro, »ich fürchtete mich nicht; ich war nur zornig auf den Onkel!«

Über der Stadt, die sie jetzt fast erreicht hatten, stand nur noch ein fahler Schein am Himmel. Es dunkelte schon; aber es begann zu schneien; leise und emsig fielen die Flocken und der Weg schimmerte schon weiß zu ihren Füßen.

Vater und Sohn waren eine Weile schweigend nebeneinander hergegangen. – »Am Abend darauf«, hub der Amtsrichter wieder an, »brannte der letzte Weihnachtsbaum, den du gehabt hast. Es war damals eine bewegte Zeit; sogar das Zuckerwerk zwischen den Tannenzweigen war kriegerisch geworden: unsere ganze Armee, Soldaten zu Pferde und zu Fuß! – Von alledem ist nun nichts mehr übrig!« setzte er leiser und wie mit sich selbst redend hinzu.

Der Knabe schien etwas darauf erwidern zu wollen, aber ein anderes hatte plötzlich seine Gedanken in Anspruch genommen.

–Es war ein großer bärtiger Mann, der vor ihnen aus einem Seitenwege auf die Landstraße herauskam. Auf der Schulter balancierte er ein langes stangenartiges Gepäck, während er mit einem Tannenzweig, den er in der Hand hielt, bei jedem Schritt in die Luft peitschte. Wie er vorüberging, hatte Harro in der Dämmerung noch die große rote Hakennase erkannt, die unter der Pelzmütze hinausragte. Auch einen Quersack trug der Mann, der anscheinend mit allerhand eckigen Dingen angefüllt war. Er ging rasch vor ihnen auf.

»Knecht Ruprecht!« flüsterte der Knabe, »hebe die Beine und spute dich schnell!«

Das Gewimmel der Schneeflocken wurde dichter, sie sahen ihn noch in die Stadt hinabgehen; dann entschwand er ihren Augen; denn ihre Wohnung lag eine Strecke weiter außerhalb des Tores.

»Freilich«, sagte der Amtsrichter, indem sie rüstig zuschritten, »der Alte kommt zu spät; dort unten in der Gasse leuchteten schon alle Fenster in den Schnee hinaus.«

Endlich war das Haus erreicht. Nachdem sie auf dem Flur die beschneiten Überkleider abgetan, traten sie in das Arbeitszimmer des Amtsrichters. Hier war heute der Tee serviert; die große Kugellampe brannte, alles war hell und aufgeräumt. Auf der sauberen Damastserviette stand das fein lackierte Teebrett mit den Geburtstagstassen und dem rubinroten Zuckerglase; daneben auf dem Fußboden in dem Komfort von Mahagonistäbchen mit blankem Messingeinsatz kochte der Kessel, wie es sein muß, auf gehörig durchgeglühten Torfkohlen; wie daheim einst in der großen Stube des alten Familienhauses, so dufteten auch hier in dem kleinen Stübchen die braunen Weihnachtskuchen nach dem Rezept der Urgroßmutter. – Aber während die Mutter nebenan im Wohnzimmer noch das Fest bereitete, blieben Vater und Sohn allein; kein Onkel Erich kam, ihnen feiern zu helfen. Es war doch anders als daheim.

Ein paarmal hatte Harro mit bescheidenem Finger an die Tür gepocht, und ein leises »Geduld!« der Mutter war die Antwort gewesen. Endlich trat Frau Ellen selbst herein. Lächelnd – aber ein leiser Zug von Weh war doch dabei – streckte sie ihre Hände aus und zog ihren Mann und ihren Knaben, jeden bei einer Hand, in die helle Weihnachtsstube.

Es sah freundlich genug aus. Auf dem Tische in der Mitte, zwischen zwei Reihen brennender Wachskerzen, stand das kleine Kunstwerk, das Mutter und Sohn in den Tagen vorher sich selbst geschaffen hatten, ein Garten im Geschmack des vorigen Jahrhunderts mit glatt geschorenen Hekken und dunklen Lauben; alles von Moos und verschiedenem Wintergrün zierlich zusammengestellt. Auf dem Teiche von Spiegelglas schwammen zwei weiße Schwäne; daneben vor dem chinesischen Pavillon standen kleine Herren und Damen von Papiermaché in Puder und Kontuschen. – Zu beiden Seiten lagen die Geschenke für den Knaben; eine scharfe Lupe für die Käfersammlung, ein paar bunte Münchener Bilderbogen, die nicht fehlen durften, von Schwind und Otto Speckter; ein Buch in rotem Halbfranzband; dazwischen ein kleiner Globus in schwarzer Kapsel, augenscheinlich schon ein altes Stück. »Es war Onkel Erichs letzte Weihnachtsgabe an mich«, sagte der Amtsrichter, »nimm du es nun von mir! Es ist mir in diesen Tagen auf's Herz gefallen, daß ich ihm die Freude, die er mir als Kind gemacht, in späterer Zeit nicht einmal wieder gedankt – nun haben sie mir den alten Herrn im letzten Herbst begraben!«

Frau Ellen legte den Arm um ihren Mann und führte ihn an den Spiegeltisch, auf dem heute die beiden silbernen Armleuchter brannten. Auch ihm hatte sie beschert; das erste aber, wonach seine Hand langte, war ein kleines Lichtbild. Seine Augen ruhten lange darauf, während Frau Ellen still zu ihm emporsah. Es war sein elterlicher Garten; dort unter dem Ahorn vor dem Lusthause standen die beiden Alten selbst, das noch dunkle volle Haar seines Vaters war deutlich zu erkennen.

Der Amtsrichter hatte sich umgewandt; es war, als suchten seine Augen etwas. Die Lichter an dem Moosgärtchen brannten knisternd fort; in ihrem Schein stand der Knabe vor dem aufgeschlagenen Weihnachtsbuch. Aber droben unter der Decke des hohen Zimmers war es dunkel; der Tannenbaum fehlte, der das Licht des Festes auch dort hinaufgetragen hätte.

Da klingelte draußen im Flur die Glocke und die Haustür wurde polternd aufgerissen. »Wer ist denn das?« sagte Frau Ellen; und Harro lief zur Tür und sah hinaus.

Draußen hörten sie eine rauhe Stimme fragen: »Bin ich denn hier recht beim Herrn Amtsrichter?« Und in demselben Augenblicke wandte auch der Knabe den Kopf zurück und rief: »Knecht Ruprecht; Knecht Ruprecht!« Dann zog er Vater und Mutter mit sich aus der Tür. Es war der große bärtige Mann, der den beiden Spaziergängern vorhin oberhalb der Stadt begegnet war; bei dem Schein des Flurlämpchens sahen sie deutlich die rote Hakennase unter der beschneiten Pelzmütze leuchten. Sein langes Gepäck hatte er gegen die Wand gelehnt. »Ich habe das hier abzugeben!« sagte er, indem er auch den schweren Quersack von der Schulter nahm.

»Von wem denn?« fragte der Amtsrichter.

»Ist mir nichts von aufgetragen worden.«

»Wollt Ihr denn nicht näher treten?«

Der Alte schüttelte den Kopf. »Ist alles schon besorgt! Habt gute Weihnacht beieinander!« Und indem er noch einmal mit der großen Nase nickte, war er schon zur Tür hinaus.

»Das ist eine Bescherung!« sagte Frau Ellen fast ein wenig schüchtern.

Harro hatte die Haustür aufgerissen. Da sah er die große dunkle Gestalt schon weithin auf dem beschneiten Wege hinausschreiten.

Nun wurde die Magd herbeigerufen, deren Bescherung durch dieses Zwischenspiel bis jetzt verzögert war; und als mit ihrer Hilfe die verhüllten Dinge in das helle Weihnachtszimmer gebracht waren, kniete Frau Ellen auf dem Fußboden und begann mit ihrem Trennmesser die Nähte des großen Packens aufzulösen. Und bald fühlte sie, wie es von innen heraus sich dehnte und die immer schwächer werdenden Bande zu sprengen strebte; und als der Amtsrichter, der bisher schweigend dabeigestanden, jetzt die letzten Hüllen abgestreift hatte und es aufrecht vor sich hingestellt hielt, da war's ein ganzer mächtiger Tannenbaum, der nun nach allen Seiten seine entfesselten Zweige ausbreitete. Lange schmale Bänder von Knittergold rieselten und blitzten überall von den Spitzen durch das dunkle Grün herab; auch die Tannäpfel waren golden, die unter allen Zweigen hingen.

Harro war indes nicht müßig gewesen, er hatte den Quersack aufgebunden; mit leuchtenden Augen brachte er einen flachen, grün lackierten Kasten geschleppt. »Horch, es rappelt!« sagte er. »Es ist ein Schubfach darin!« Und als sie es aufgezogen, fanden sie wohl ein Schock der feinsten weißen Wachskerzchen.

»Das kommt von einem echten Weihnachtsmann«, sagte der Amtsrichter, indem er einen

Zweig des Baumes herunterbog, »da sitzen schon überall die kleinen Blechlampetten!«

Aber es war nicht nur ein Schubfach in dem Kasten; es war auch obenauf ein Klötzchen mit einem Schraubengang. Der Amtsrichter wußte Bescheid in diesen Dingen; nach einigen Minuten war der Baum eingeschroben und stand fest und aufrecht, seine grüne Spitze fast bis zur Decke streckend. – Die alte Magd hatte ihre Schüssel mit Äpfeln und Pfeffernüssen stehen lassen; während die andern drei beschäftigt waren, die Wachskerzen aufzustekken, stand sie neben ihnen, ein lebendiger Kandelaber, in jeder Hand einen brennenden Armleuchter emporhaltend. – Sie war aus der Heimat mit herübergekommen und hatte sich von allen am schwersten in den Brauch der Fremde gefunden. Auch jetzt betrachtete sie den stolzen Baum mit mißtrauischen Augen. »Die goldenen Eier sind denn doch vergessen!« sagte sie.

Der Amtsrichter sah sie lächelnd an: »Aber, Margreth, die goldenen Tannäpfel sind doch schöner!«

»So, meint der Herr? Zu Hause haben wir immer die goldenen Eier gehabt.«

Darüber war nicht zu streiten; es war auch keine Zeit dazu. Harro hatte sich indessen schon wieder über den Quersack hergemacht. »Noch nicht anzünden!« rief er, »das Schwerste ist noch darin!«

Es war ein fest vernageltes, hölzernes Kistchen.

Aber der Amtsrichter holte Hammer und Meißel aus seinem Gerätkästchen; nach ein paar Schlägen sprang der Deckel auf und eine Fülle weißer Papierspäne quoll ihnen entgegen. – »Zuckerzeug!« rief Frau Ellen und streckte schützend ihre Hände darüber aus. »Ich wittere Marzipan! Setzt euch; ich werde auspacken!«

Und mit vorsichtiger Hand langte sie ein Stück nach dem andern heraus und legte es auf den Tisch, das nun von Vater und Sohn aus dem umhüllenden Seidenpapier herausgewickelt wurde.

»Himbeeren!« rief Harro. »Und Erdbeeren, ein ganzer Strauß!«

»Aber siehst du es wohl?« sagte der Amtsrichter. »Es sind Walderdbeeren; so welche wachsen in den Gärten nicht.«

Dann kam, wie lebend, allerlei Geziefer; Hornisse und Hummeln und was sonst im Sonnenschein an stillen Waldplätzchen umherzusummen pflegt, zierlich aus Dragant gebildet, mit goldbestäubten Flügeln; nun eine Honigwabe – die Zellen mochten mit Likör gefüllt sein – wie sie die wilde Biene in den Stamm der hohlen Eiche baut; und jetzt ein großer Hirschkäfer, von Schokolade, mit gesperrten Zangen und ausgebreiteten Flügeldekken. »Cervus lucanus!« rief Harro und klatschte in die Hände.

An jedem Stück war, je nach der Größe, ein

lichtgrünes Seidenbändchen. Sie konnten der Lokkung nicht widerstehen; sie begannen schon jetzt den Baum damit zu schmücken, während Frau Ellens Hände noch immer neue Schätze ans Licht förderten.

Bald schwebte zwischen den Immen auch eine Schar von Schmetterlingen an den Tannenspitzen; da war der Himbeerfalter, die silberblaue Daphnis und der olivenfarbige Waldargus und wie sie alle heißen mochten, die Harro hier vergebens aufzujagen gesucht hatte. – Und immer schwerer wurden die Päckchen, die eins nach dem andern von den eifrigen Händen geöffnet wurden. Denn jetzt kam das Geschlecht des größern Geflügels; da kam der Dompfaff und der Buntspecht, ein Paar Kreuzschnäbel, die im Tannenwald daheim sind; und jetzt – Frau Ellen stieß einen leichten Schrei aus – ein ganzes Nest voll kleiner Schnäbel aufsperrender Vögel; und Vater und Sohn gerieten miteinander in Streit, ob es Goldhähnchen oder junge Zeisige seien, während Harro schon das kleine Heimwesen im dichtesten Tannengrün verbarg.

Noch ein Waldbewohner erschien; er mußte vom Buchenrevier herübergekommen sein; ein Eichhörnchen von Marzipan, in halber Lebensgröße, mit erhobenem Schweif und klugen Augen. »Und nun ist's alle!« rief Frau Ellen. Aber nein, ein schweres Päckchen noch! Sie öffnete es und verbarg es dann ebenso rasch wieder in beiden Händen. »Ein Prachtstück!« rief sie. »Aber nein, Paul; ich bin edelmütiger als du; ich zeig's dir nicht!«

Der Amtsrichter ließ sich das nicht anfechten; er brach ihr die nicht gar zu ernstlich geschlossenen Hände auseinander, während sie lachend über ihn wegschaute.

»Ein Hase!« jubelte Harro, »er hat ein Kohlblatt zwischen den Vorderpfötchen!« [...]

Der Baum war voll, die Zweige bogen sich; die alte Margreth stöhnte, sie könne die Leuchter nicht mehr halten, sie habe gar keine Arme mehr am Leibe.

Aber es gab wieder neue Arbeit. »Anzünden!« kommandierte der Amtsrichter; und die klein' und großen Weihnachtskinder standen mit heißen Gesichtern, kletterten auf Schemel und Stühle und ließen nicht ab, bis alle Kerzen angezündet waren.

Der Baum brannte, das Zimmer war von Duft und Glanz erfüllt; es war nun wirklich Weihnachten geworden.

Ein wenig müde von der ungewohnten Anstrengung saß der Amtsrichter auf dem Sofa, nachsinnend in den gegenüberhängenden großen Wandspiegel blickend, der das Bild des brennenden Baumes zurückstrahlte.

Frau Ellen, die ganz heimlich ein wenig aufzuräumen begann, wollte eben die geleerte Kiste an die Seite setzen, als sie wie in Gedanken noch einmal mit der Hand durch die Papierspäne streifte. Sie stutzte. »Unerschöpflich!« sagte sie lächelnd. – Es war ein Star von Schokolade, den sie hervorgeholt hatte. »Und, Paul«, fuhr sie fort, »er spricht!«

Sie hatte sich zu ihm auf die Sofalehne gesetzt, und beide lasen nun gemeinschaftlich den beschriebenen Zettel, den der Vogel in seinem Schnabel trug: »Einen Wald- und Weihnachtsgruß von einer dankbaren Freundin!«

»Also von ihr!« sagte der Amtsrichter. »Ihr Herz hat ein gutes Gedächtnis. Knecht Ruprecht mußte einen tüchtigen Weg zurücklegen; denn das Gut liegt fünf ganze Meilen von hier.«

Frau Ellen legte den Arm um ihres Mannes Nakken.

»Nicht wahr, Paul, wir wollen auch nicht undankbar gegen die Fremde sein?«

»Oh, ich bin nicht undankbar; – aber –«

»Was denn aber, Paul?«

»Was mögen drüben jetzt die Alten machen!«

Sie antwortete nicht darauf; sie gab ihm schweigend ihre Hand.

»Wo ist Harro?« fragte er nach einer Weile.

Harro war eben wieder ins Zimmer getreten; aus einer Schachtel, die er mit sich brachte, nahm er eine kleine verblichene Figur und befestigte sie sorgfältig an einen Zweig des Tannenbaums. Die

Eltern hatten es wohl erkannt; es war ein Stück von dem Zuckerzeug des letzten heimatlichen Weihnachtsbaums; ein Dragoner auf schwarzem Pferde in langem graublauem Mantel. Der Knabe stand davor und betrachtete es unbeweglich; seine großen blauen Augen unter der breiten Stirn wurden immer finsterer. »Vater«, sagte er endlich, und seine Stimme zitterte, »es war doch schade um unser schönes Heer! – Wenn sie es nur nicht aufgelöst hätten – ich glaube, dann wären wir wohl noch zu Hause!«

Eine lautlose Stille folgte, als der Knabe das gesprochen. Dann rief der Vater seinen Sohn und zog ihn dicht an sich heran. »Du kennst noch das alte Haus deiner Großeltern«, sagte er, »du bist vielleicht das letzte Kind von den Unseren, das noch auf den großen übereinandergetürmten Bodenräumen gespielt hat; denn die Stunde ist nicht mehr fern, daß es in fremde Hand kommen wird. – Einer deiner Urahnen hat es einst für seinen Sohn gebaut. Der junge Mann fand es fertig und ausgestattet vor, als er nach mehrjähriger Abwesenheit in den Handelsstädten Frankreichs nach seiner Heimat zurückkehrte. Bei seinem Tode hat er es seinen Nachkommen hinterlassen, und sie haben darin gewohnt als Kaufherren und Senatoren oder, nachdem sie sich dem Studium der Rechte zugewandt hatten, als Bürgermeister oder Syndizi ihrer

Vaterstadt. Es waren angesehene und wohl denkende Männer, die im Lauf der Zeit ihre Kraft und ihr Vermögen auf mannigfache Weise ihren Mitbürgern zugute kommen ließen. So waren sie wurzelfest geworden in der Heimat. Noch in meiner Knabenzeit gab es unter den tüchtigeren Handwerkern fast keine Familie, wo nicht von den Voreltern oder Eltern eines in den Diensten der Unserigen gestanden hätte; sei es auf den Schiffen oder in den Fabriken oder auch im Hause selbst. – Es waren das Verhältnisse des gegenseitigen Vertrauens; jeder rühmte sich des andern und suchte sich des andern wert zu zeigen; wie ein Erbe ließen es die Eltern ihren Kindern; sie kannten sich alle, über Geburt und Tod hinaus, denn sie kannten Art und Geschlecht der Jungen, die geboren wurden, und der Alten, die vor ihnen da gewesen waren.«

Der Amtsrichter schwieg einen Augenblick, während der Knabe unbeweglich zu ihm emporsah. »Aber nicht allein in die Höhe«, fuhr er fort, »auch in die Tiefe haben deine Voreltern gebaut; zu dem steinernen Hause in der Stadt gehörte die Gruft draußen auf dem Kirchhof; denn auch die Toten sollten noch beisammen sein. – Und seltsam, da ich des inne ward, daß ich fortmußte, mein erster Gedanke war, ich könnte dort den Platz verfehlen. Ich habe sie mehr als einmal offen gesehen; das letzte Mal, als deine Urgroßmutter starb, eine Frau in hohen Jahren, wie sie den Unserigen vergönnt zu sein pflegen. – Ich vergesse den Tag nicht. Ich war hinabgestiegen und stand unten in der Dunkelheit zwischen den Särgen, die neben und über mir auf den eisernen Stangen ruhten; die ganze alte Zeit, eine ernste schweigsame Gesellschaft. Neben mir war der Totengräber, ein eisgrauer Mann. Aber einst war er jung gewesen und hatte als Kutscher, den schwarzen Pudel zwischen den Knien, die Rappen meines Großvaters gefahren. – Er stand an einen hohen Sarg gelehnt und ließ wie liebkosend seine Hand über das schwarze Tuch des Deckels gleiten. ›Dat is min ole Herr!‹ sagte er in seinem Plattdeutsch, ›dat weer en gude Mann!‹ – Mein Kind, nur dort zu Hause konnte ich solche Worte hören. Ich neigte unwillkürlich das Haupt; denn mir war, als fühlte ich den Segen der Heimat sich leibhaftig auf mich niedersenken. Ich war der Erbe dieser Toten; sie selbst waren zwar dahingegangen; aber ihre Güte und Tüchtigkeit lebte noch und war für mich da und half mir, wo ich selber irrte, wo meine Kräfte mich verließen. – Und auch jetzt noch, wenn ich – mir und den Meinen nicht zur Freude, aber getrieben von jenem geheimnisvollen Weh, auf kurze Zeit zurückkehrte, ich weiß es wohl, dem sich dann alle Hände dort entgegenstreckten, das war nicht ich allein.«

Er war aufgestanden und hatte einen Fensterflügel aufgestoßen. Weithin dehnte sich das Schneefeld; der Wind sauste; unter den Sternen vorüber jagten die Wolken; dorthin, wo in unsichtbarer Ferne ihre Heimat lag. – Er legte fest den Arm um seine Frau, die ihm schweigend gefolgt war; seine lichtblauen Augen lugten scharf in die Nacht hinaus. »Dort!« sprach er leise; »ich will den Namen nicht nennen; er wird nicht gern gehört in deutschen Landen; wir wollen ihn still in unserm Herzen sprechen, wie die Juden das Wort für den Allerheiligsten.« Und er ergriff die Hand seines Kindes und preßte sie so fest, daß der Junge die Zähne zusammenbiß.

Noch lange standen sie und blickten dem dunklen Zuge der Wolken nach. – Hinter ihnen im Zimmer ging lautlos die alte Magd umher und hütete sorgsamen Auges die allmählich niederbrennenden Weihnachtskerzen.

22

Jeremias Gotthelf

Merkwürdige Reden, gehört zu Krebsligen zwischen zwölf und ein Uhr in der Heiligen Nacht

Unter den Ziegen bin ich geboren und unter den Kühen aufgewachsen, Schmutzhausen ist meine Heimat, das Fürstentum Dünkellust mein Vaterland. Was man auf den Ofentritten erzählte, war mir alles bekannt, sonst aber meine Bildung nicht weit her. Aber einen großen Drang fühlte ich von jeher in mir: ich vergaß, was dahinten, und streckte mich nach dem, was davornen, und ward eine sehr bedeutende Person. Wie und welche, ein ander Mal. Ich arbeitete, daß man meinen Schweiß zwanzig Schritte weit in die Nase kriegte, und doch kam ich bei unserm Fürsten in Ungunst, andere wurden mir vorgezogen. Um diesem Unglanze zu entgehen und so oft als möglich in dem Glanze zu stehen, der mir gebührte, machte ich mich gerne abseits, suchte Aufträge, die mich aufs Land führten; dort konnte ich mich zeigen, als der ich war, und da warf niemand einen Schatten über mich, und wer für einen Tag verschickt wird und nicht zwei daraus zu machen weiß, der muß ein

Lümmel sein. Am liebsten entfernte ich mich über die Festtage. Unser Fürst war noch altgläubig, ich aber über solche altväterischen Dinge hinaus. Man kann sich daher leicht vorstellen, wie peinlich es mir war, tun zu müssen, als sei ich ein Christ, mir, der ich über solche Dinge weit hinaus war. Daher suchte ich mich über diese Zeiten zu entfernen; auf dem Land sah mir niemand nach, und während die andern vor einem, den sie den Höchsten nennen, knieen, trage ich doch das schöne Bewußtsein in mir, daß ich weithin in der weiten Runde der Höchste sei.

So war ich im vorigen Jahre über die Weihnacht auch verreiset; ich wußte, daß zu Krebsligen Bezirksgericht sei. Ich fand mich dort ein wegen Dringendem, und meine Erscheinung erregte große Freude; sie traktierten mich wie üblich mit gutem Weine, ich sie dagegen mit leutseliger Freundlichkeit, und beidseitig waren wir glücklich und vergnügt dabei.

Meine Anwesenheit entband natürlich den Wirt von der gesetzlichen Ordnung, und es schlug gerade zwölf Uhr, als ich den letzten Bezirksrichter vor der Türe mit freundlichem Neigen verabschiedete und dem zündenden Wirte sagte, er solle nur hineingehen, ich werde gleich nachkommen. Es war eine herrliche Nacht, und die Natur leuchtete sehr hell und kühl, und mir war sehr warm. Romantisch bin ich nicht, aus andern Gründen ging ich etwas nebens Haus.

Dort hörte ich auf einmal gar seltsame Laute; es war, als ob Mäuse pfiffen und gixten, wie sie es tun, wenn man ihnen auf den Stiel trappet; aber die seltsamen Töne, welche hinter einer Ecke hervor aus einem Kellerloch zu kommen schienen, verstand ich. »Es ist unerträglich«, quixte eine dünne Stimme, »will der Gstabi nicht bald ins Nest? Am Tage verfolgen uns Menschen und Katzen, und die Nächte macht man uns immer kürzer. Es wird noch dahin kommen, daß wir verreblen müssen.« – »Rufe doch eine die Polizei!« quixte eine andere. »Du Narr!« quixte eine dritte, »die hat man ja vorgestern wegen Mangel an Platz versteigert und hat verflümert daraus gelöst.« – »Wer ist Narr gnug gewesen, um darauf zu bieten?« – »Die Bauren fraßen sich fast darum«, antwortete ein Stimmchen. »Sie sagen, die Vögel achteten sich ihrer alten Bündengschücher nichts mehr, weil sie daran gewohnt seien, sie müssen neue haben auf die Äcker von wegen den Krähen und Tauben, und so wüßten sie keine bessern als die abgestandene Polizei. Aber packt auf! Er geht hinein!« Ich war nämlich erbittert worden und wollte den Wirt zur Rede stellen, wer so anzügliche Reden führe mit verstellter Stimme. »Und wenn er schon hineingeht, so geht er doch nicht ins Bett«, quixte es. »Der trinkt noch mit dem Wirte ein Gläschen Cognac und frägt nach der Stimmung. Wenn wir etwas wollen, so müssen wir anderswohin, sonst graut der Morgen, ehe wir ein Brösmeli haben.«

Dies hörte ich noch, als ich um die Ecke zur Türe schwenkte, vor welcher der Hund saß und ins Blaue boll. Aber wie versteinert stand ich, als ich in rauhem Basse die Frage hörte: »Warum billst du diese Nacht nicht?« Und durch die Lüfte antwortete eine Stimme: »Wir haben heute geküchelt, und ich habe keine Küchli bekommen; nun werde ich künftig nicht mehr so fleißig sein mit Wadien und Bellen.« – »Bhüt dih Gott, leb wohl, Blaß!« flüsterte eine zärtliche Stimme, und eine große schwarze Katze strich dem Hund um die Beine, während eine kleinere mit aufgehobenem Schweife unter der Türe stand. »Wo zum Schinder willst du hin?« frug der Blaß. »Fort will ich. Seitdem kein Feierabend mehr ist, sind keine Mäuse mehr zu kriegen, und jetzt bleiben unsere Jungfrauen wieder da, und solange die da sind, ists für uns Katzen mit dem übrigen Mausen aus; die pfuschen uns schrecklich ins Handwerk. So will ich fort und an einem bessern Orte mein Brot suchen. Komm mit, Blaß!« Da sah Blaß mich in der Ecke stehen und boll mit fürchterlicher Stimme nach mir hin: »Wottsch furt, du Schelm!« Unwillkürlich fuhrs mir in die Beine, ich sprang der Scheune zu, die nicht weit vom Hause lag. Ein seltsames Tönen stellte meine Flucht. Dieses Tönen war feierlich, grauenhaft, kam vom Roßstalle her, und daraus wickelten sich folgende Worte hervor.

»Zwölfe hats vom Turm geklungen.
Brüder, Schwestern, auf, erwacht!
Seht, die Bande unsrer Zungen
Sind mit einem Riß zersprungen
Vor der unsichtbaren Macht,
Der die Engel einst gesungen
In der Christen Heilgen Nacht!
Auf, erwacht!«

Da fiel mir ein aus meiner Jugend her, daß die Tiere in der Heiligen Nacht eine Stunde sollten reden können. Ich hatte es längst nicht mehr geglaubt, nebst noch vielem andern nicht, und jetzt auf der obersten Stufe der Aufklärung sollte mir so etwas begegnen! Ich wollte mich überreden, es treibe jemand mit mir Schindluder, und es dünkte mich, wenn ich nur die Polizei bei mir hätte. Aber ich konnte nicht ab Platz, und es war mir selbst, als hätten wir sie in den letzten Tagen versteigert. Und kaum hatte ich das gedacht, so erscholl, Welten durchzitternd wie verhaltener Donner, aus gewaltigen Kehlen der Spruch:

»Ja, wir fühlens, luftdruchdrungen,
Daß das schwere Band der Zungen
Mit dem ersten Glockenklang
Gleich des Kornes Hülse sprang.
Ja, wir sind, wir sind erwacht;
Auf, benutzt der Stunde Macht!«

»Lebst du noch, du alter Kratten?« frug aus dem verhallenden Chor eine mutwillige Stimme. »Als wir uns letztes Jahr in Hallau trafen, dachte ich nicht, daß du an deinem Kachelicharren die heutige Stunde erleben werdest.« – »Ich auch nicht«, antwortete das angesprochene Roß. »Aber es ging mir im vergangenen Jahre gut. Jetzt bin ich ein Staatsroß und fordere Respekt.« Da lachten alle, daß der Boden unter den Füßen mir wackelte. »Du ein Staatsroß?« – »Ja. Ein Lohnkutscher sah mich und kaufte mich. Er bedient einen Herrn, der von Rossen nichts versteht, alle verderbt, aber vornehm fahren möchte wie ein vornehmer Herr. Der lag dem Kutscher schon lange an, er sollte doch einen Stumper kaufen, die langen Schwänze könne er nicht leiden, man werde immer gespritzt. Mein Herr wußte, wo der Has im Pfeffer lag, kaufte mich um dreizehn Gulden Reichsgeld und spannt mich nun dem vornehmen Herrn ein als Staatsroß. Er sagte ihm, ich sei ein vornehmer Engeländer, koste siebenundvierzig Louisdors, ein Lord habe mich in

Baden verspielt. Nun hat mein Herr Respekt vor mir, fast wie vor einem vornehmen Herrn, macht mit mir Staat im Lande herum, füttert mich brav, hat immer Angst, er könnte mir übertun und siebenundvierzig Louisdors auf seinen Buckel fallen. So habe ichs gut in meinen alten Tagen, schlage alle Tage zweimal aus, dann sagt mein Herr: ›La, la!‹, und wenn es gegen einen Ort, besonders ein Städtchen geht, so setze ich mich in kurzen Galopp, der meinen steifen Beinen am besten zusagt, dann sagt mein Herr: ›Na, na!‹, und wenn er aussteigt, stellt er sich neben mich, um vom Wirt den schönen Stumper rühmen zu hören, und dann erzählt er von den siebenundvierzig Dublonen und dem Engländer, daß ich den Wirt nicht ansehen darf aus Furcht, er lache mir ins Gesicht.«

Ich wußte nicht, träumte oder wachte ich, als mein Roß mich so runtermachte, aber antworten konnte ich nicht. Hingegen hörte ich eine andere Stimme, und die sprach: »Ach, ich möchte doch auch so ein Staatsroß werden für einen vornehmen Herrn, das Musterlimitieren verleidet mir je länger je mehr. Ehedem suchte mein Herr hie und da ein Mädchen mehr, als er sollte, aber, was ich um so mehr zu ziehen hatte, das konnte ich um so langsamer fahren, und die Tagreisen wurden alle Tage kürzer. Jetzt aber fährt mein Herr wie ein Jude und führt neben seinen Musterkarten Päkker zentnerweise mit sich. Er führt einen Zentner Traktätlein mit sich und teilt sie mit gottseligen Reden an fromme Krämersweiber aus, einen Zentner Aargauer Großratsgeschwätz und regaliert damit naseweise Krämer, einen Zentner gut katholischer Schriften und bahnt sich damit Weg, wo man es nicht glauben sollte. Jetzt hat er noch einen Zentner Genferpapier, und auf Ostern hat er zwei Zentner Zürcherschriften bestellt, die noch nicht gedruckt sind, so daß ich mehr zu ziehen habe als ein Kacheler und des Lebens satt bin. Und wenn er sich mit den einen wegen Wieland, mit den andern wegen Frey-Herosé, mit den dritten wegen Scherr, mit den vierten wegen Leu und Papst verdampet hat, so soll ich mit Springen die Zeit einbringen. Wenn ich wüßt, wie machen, ich schmisse meinen Herrn in ein Loch, wo er nicht wieder rauskäme.«

»Ach du meine Güte!« fing eine andere Stimme an, »verständige dich doch mit Wünschen! Gerade so wünschte ich vor einem Jahre, als ich noch bei meinem letzten Herrn war und der mir des Nachts keine Ruhe gönnte und herumsprengte wie ein Nachtgeist, weil er mit den Wirten am besten handeln könne, wenn es Feierabend sein sollte. Da stolperte ich expreß; auf einige Plätze ab kam es mir nicht an, wenn er den Hals gebrochen hätte. Er ist aber nicht dumm, er verkaufte mich einem andern Hause, das einem jungen Reisenden kein kostbares Roß anvertrauen wollte. Das Haus hat seinen Kredit verloren, es lieferte die Ware anders, als die Muster waren, drängte mit Wechseln, überschüttete seine Schuldner mit Waren, bis sie ruiniert waren, kurz, brauchte alle möglichen Kniffe. Als der Kredit abnahm, meinte es, der Reisende sei schuld, und stellte einen andern an, der meint, es sei noch nie so einer gewesen, wie er werden will. Der will nun Absatz zwingen, hält vor allen Krämerladen, bindet mich an den Zaun, denn ins Wirtshaus geht er so wenig als möglich, weil er auch wohlfeiler reisen will als die andern alle. Ist er einmal ausgestiegen, so will er nicht wieder herein. Er packt alle seine Muster aus; will man nicht von diesem, so soll man von jenem nehmen: hätte man Seidenband nicht nötig, so wäre mit Koriander ein guter Schick zu machen, und mag man nicht Zukker, so hätte er vortreffliches Salatöl, und will man nicht Salatöl, so hat er Muster von extra feinem Teufelsdreck. So geht es oft stundenlang, daß ich manchmal sehe, wenn ich von weitem gegen ein Haus komme, und man hat uns gesehen, wie das zu allen Türen hinausfliegt und niemand daheim sein will. Der Krämer soll über Land sein, die Frau über Feld, der Sohn ist auf dem Acker, die Tochter im Bohnenplätz, und die Magd will nicht wissen, wenn das ein oder andere zurückkommt. Mein Junge will Geschäfte machen und meint, die Magd soll ihm den Weg zeigen in die Bohnenplätz zu der Tochter. Aber die Magd will nicht, sie muß hüten; da steht mein Junge eine halbe Stunde verlegen da, weiß nicht, soll er fahren, soll er warten, erbost guckt der Krämer zur Stalltüre aus, die Krämerin lauscht am Küchenfenster, und ich muß da stehen, im Sommer der Brämen Speis, im Winter erfriere ich, und noch jetzt bin ich an den Füßen nicht erwarmet und kann wieder stundenlang stehen in Eis und Schnee, und am Ende, wenn mein Junge nicht Geschäfte macht, nur das kleine Ordinäri! Es ist ein verfluchtes Leben! Zehnmal lieber wollte ich springen, daß die Funken stöben.«

Da seufzte es tief auf gerade neben dem Redner. »Was seufzest du so hart«, fragte das vorige Roß, »und wie kömmst du daher? Dem Kreuze nach bist du ja eine Siebentalerin aus dem Bernbiet? Übel muß es dir nicht gegangen sein, denn du bist ja speckfeiß!« – »Ach, sonst ging es mir gut«, antwortete ein niedliches Mährli in der Siebentalersprache, »mein Herr war stolz auf mich, und weiter als bis auf Thun mußte ich nicht springen, und wenn es hie und da nach Bern ging, so kehrte mein Herr so oft ein, daß mir die Reise nicht beschwerlich war. Aber gestern ist es gerade vier Wochen, da wird ihm seine Frau krank, und seither habe ich das elendeste Leben, ich gönnte es keinem Hund. Tag und Nacht geht es von einem

Doktor zum andern, sollte immer im Gestreckten gehn, und wenn ich nicht mehr mag, kriege ich gar die Geißel, von der ich früher gar nichts wußte.« – »Dein Herr wird so ein junger Narr sein, der meint, wenn eine Frau gestorben, gebe es keine andere?« – »Selb nicht«, antwortete die Siebentalerin, »er hat sie schon zwanzig Jahre und sechs Kinder von ihr.« – »Was ist denn das für ein Narr? Bei uns im Schwarzwald strapliziert wegen einer kranken Frau keiner sein Roß, je mehr Weiber, desto mehr Ehesteuern, meint man.« – »Ja, das ist darum bei uns nicht so«, sagte die Siebentalerin, »aber nicht von wegen der Liebe, sondern von wegen dem Geld. Von wegen, wenn einem seine Frau stirbt, so muß er alles das vorhandene Gut zu gleichen Teilen mit seinen Kindern teilen, und das kommt manchen unkommod, und mein Herr wäre übel zweg, wenn er teilen müßte.« Da bezeugten sämtliche Rosse ihre Verwunderung, wie dumm die Männer im Siebental sein müßten, daß sie so was täten. Jetzt begehrte aber die Siebentalerin auf und wollte das nicht glauben. Ds Konträri, sagte sie, es gebe im ganzen Kanton nicht durchtriebenere Männer als im Siebental, aber niene so listige und fini Wyber als dort, das sig ebe dr Tüfel. Vor vielen hundert Jahren schon hätten die Weiber gesehen, wie es reiche Männer machen, wenn sie Witwer werden, wie sie dNarre machten, mit dem Reichtum großen

Staat und den jungen Mädchen alles anhängten und zuletzt so einen Gauggel heirateten, so daß ihre Kinder unwert würden, nicht mehr Platz im Hause hätten und zuletzt nichts erbten, entweder weil der Vater alles vertan oder die letzte Frau alles ihren Kindern anhängen täte. Da seien die Weiber rätig geworden, den Männern das Nägeli zu stecken und für ihre Kinder zu sorgen und auch für sich selbst, und hätten eine lustige Geschichte ersonnen. Die Männer seien in die Falle getrappet, und zum Landrecht sei erhoben worden, daß bei dem Tode einer Frau das sämtliche vorhandene Gut zwischen Mann und Frau zu gleichen Teilen sollte geteilt werden. »Bald merkten die Männer den Lätsch, den sie am Halse hatten, und wollten ausschlüpfen, aber die Weiber hatten ihn zureitig angemacht, und die Männer mußten warten. Sie wußten sich nicht anders zu helfen, als ihre Weiber recht lieb zu haben, und je reicher um so lieber. Wenn einer der Finger wehtut, so läuft man zum Doktor, und wenn eine Bauchweh kriegt, so spannt man ds Mähri an, und das muß springe, als ob alle vier Beine absollten. Nun wurden wir schon am ersten Erlenbacher Herbstmärit mit den Hammen fertig, und seither kränkelt unsere Frau immer mehr und mehr und wird immer magerer, und dem Mann immer ängster, und ich muß immer strenger laufen und kann nicht sagen, er soll doch metzgen lassen, es bessere denn vielleicht wieder. Solang der alte Fuchs in der Nähe lebte, ging es mir nicht so bös, so aber muß ich springen immer weiter. Zu rechten Doktoren hat mein Herr keinen Glauben, es muß ein Gütterler oder ein Hexenmeister sein, und denen fährt er nach wie eine Surrfliege dem Roßmist. Jetzt hat er da von ein paar Hexenmeistern da draußen in dem Stinkland gehört, wo aller Haber nach Sauerkabis riecht, die brauchen kein Gütterli und keine Büppi, auf welche sie die Hand legen, die haben über die Geister Macht und können sie senden, wohin sie wollen, Kranke zu heilen und gesund zu machen. Einen solchen Geist will mein Herr kaufen, und vielleicht soll ich ihn noch heimführen; da wäre erst der Schinder los, und ich riskiere den bösen Luft vom Geiste her, werde geschwollen und muß sterben trotz allem Springen.«

Da seufzte es grimmig und hohl nebenbei, und das Siebentalermähri glaubte, es sei der Geist, und sprang zitternd auf; aber als es genauer hinsah, war es nur eine alte Füllimähre aus einem andern Tal, und als das Siebentalerli schnauzte, warum die Alte so unflätig und grobänisch seufzte, da sagte die Alte, sie dürfe es fast nicht sagen, aber unter guten Freunden wolle sie es doch. Sie schäme sich grusam. Sie sei ihr Lebtag ein ehrlich Bauernroß gewesen, jetzt habe sie letzthin ihres Meisters Söhnen einen gestohlenen Trämel zur Säge müssen führen helfen. Sie hätte es nicht gewußt, sonst hätte sie keinen Strick angezogen und den unsaubern Gesellen mit Schlägen und Beißen Verstand machen wollen. Die Sache sei ausgekommen, und jetzt müsse sie dem Geschäft nachsprengen und habe da den Handel vernommen, es sei ihr geschmuecht worden, und sie dürfte sich fast nicht mehr auf der Straße zeigen. Wenn sie schon nur eine Füllimähre sei, so habe sie doch noch Scham im Leibe. »Aber trotz dieser Scham muß ich jetzt allen denen nachsprengen, von denen mein Meister glaubt, sie können wohlschmeckend machen, was stinkt, und aus Mist Heu. Denn der Meister flucht gräßlich, nicht über die, welche gestohlen oder vielmehr gefrevelt, sondern über die, denen der Trämel gestohlen oder vielmehr gefrevelt wurde, und über die, welche es ausgebracht. Mit List, Geld und Prozedieren will er das Krumme grad machen. Jetzt mußte ich zum Bezirksrichter sprengen, denn wenn einer einem Schelm einen guten Rat weiß, so ist es der. Weit und breit kommen die Leute zu ihm zu Rat, noch viel weiter her als zu einem Gütterler. Sie müssen oft zwei Tage warten, bis sie vorkönnen, und so wird es auch meinem Meister gegangen sein, denn ich sollte um fünfe geschirrt sein und bin es dato noch; die volle Sau von Stallknecht hat gedacht, am Morgen hätte ich meinen schweren Kommet schon an.«

Das letztere vernahm ich nur noch mit halbem Ohr. Als ich vom Bezirksrichter hörte, dachte ich, da sei was zu notieren, woran ich könnte dem Fürsten und andern demonstrieren, wie wohltätig meine Reisen für die allgemeine Wohlfahrt wären und wie nützlich dem Vaterlande meine Popularität; doch stockte meine Hand in der Tasche, als ich dachte, wie aufbegehrisch der Fürst sei, und wenn er mit Donnerwettern auf den Richter losfahre, was ich mit einer alten Füllimähre gegen einen Rechtskundigen beweisen wolle, die noch dazu in einer halben Stunde kein vernünftig Wort mehr reden könne. Während ich noch mit der Hand in der Tasche tiefsinnigen Gedanken nachsann, begann die alte Mähre erbärmlich zu schreien:

»Ach meine Ohren!
Die sind verloren!
Ach meine Mähnen!
Mit blanken Zähnen
Packt mich und rüttelt,
Reißt mich und schüttelt
Das Ungeheuer,
Der Bläß Allgäuer!«

Eine helle Stimme tönte in das Geschrei:

»Abschaum der Mähren!
Ich will dich lehren
Die Ehr verkehren,
Das Lügen mehren!
Du alte Schelle,
Du Schmach der Ställe!
Ich will dich lehren,
Die Wahrheit ehren!«

Da übertönte das Streitgeschrei ein mächtiger Chor:

»Friede sei in dieser Stunde
Mit der Tiere großem Bunde!
Laßt ihr nicht das Streiten schweigen,
Werden wir den Meister zeigen!
Friede sei in dieser Stunde
Mit der Tiere großem Bunde!«

Und als das Chor, welches nach einer Krauskopfschen Melodie gesungen war, schwieg, sagte mein Pferd: »Bist du auch da, du hässiges Ketzerli vo Allgäuerli, und kannst das Streiten selbst in dieser Stunde nicht lassen, willst du dich denn nie bekehren?« Da sprach das Ketzerli von Allgäuerli mit kräschlender Stimme: »Was bekehren? Das Bekehren ist an euch. Was tut ihr? Eins ums andere verleumdet seinen Herrn. Geht und hört, wie eure Herren euch rühmen, eure Fehler verschweigen und jeder das beste Roß haben will! Jetzt kömmt noch die alte Mähre und verleumdet zu seinem Herrn noch den meinigen, wo doch der humanste Richter ist im ganzen Fürstentum und zu einem jeden Halunk Sorge trägt, als ob er seinesgleichen wäre. Es dünkt mich, wir hätten von wichtigern Dingen zu reden als von solchen Partikularitäten und Persönlichkeiten, und was gehen uns die Richter an? Sind nicht die Stallknechte von ganz anderer Bedeutung für uns, gleichsam unsere Hauptpersonen? Und es hat mich schon lange wundergenommen, daß niemand von denen reden will, und was man gegen die für Maßregeln vorkehren wolle; es ist je länger je weniger dabeizusein, es hat keine Gattig mehr. Es gibt verflucht brave Stallknechte, warum nicht, ich könnte nacheinander ein halbes Dutzend aufsagen. Aber viel andere werden alle Tage voller und nie mehr nüchtern, und dann sind sie die wüstesten Hunde gegen uns, stüpfen uns in den Bauch, schlagen uns aufn Kopf und mißhandeln uns mit dem Gebiß im Maul, daß uns Hören und Sehen vergeht, es ist himmelschreiend! Und immer mehr, scheint mir, schlage ihnen der Wein auf das Gehör, und so viele hören nicht mehr wohl. Ich hörte schon manchmal, daß mein Herr ein ganzes Immi befahl und kriegte nur ein halbes, und wenn der Herr das große Ordinäri befahl, gab man mir nur das kleine. Wenn dann das Stubenmädchen den Herrn fragte, was er für das Roß befohlen, so sagte er richtig: ›Das große Ordinäri!‹ und mußte es auch bezahlen. Dann baggelt man allenthalben an Maß und Gewicht. So hat man namentlich in der Schweiz, wo mein Herr oft hinreiset, das Pfund kleiner gemacht und das Immi größer. Wenn nun mein Herr für einen Batzen Brot befehlen tut, so kriege ich richtig drei Bissen weniger, ich habe das schon manchmal gezählt.« – »Aber immer das gleiche Immi?« – »Ds Konträri, es scheint mir, auch das sei kleiner, werden wahrscheinlich verschossen sein, als sie es größer machen wollten, oder sie machen noch immer aus einem Malter achtundvierzig Immi statt nur vierzig. So wird unsere Lage alle Tage schlimmer, und ich möchte zu bedenken geben, was da zu machen sei. Ich habe schon manchmal mit Beißen und Schlagen versucht, die Stallknechte humaner zu machen; aber erstlich sind mir die Ketzere z'gleitig, selbst wenn sie voll sind, es gelang mir selten, einem eins ordentlich abzustrecken, und zweitens mußte ich jeden Versuch zur Selbsthülfe schrecklich büßen. Ich wurde abgeschlagen zuerst und kriegte nichts zu fressen, um mir den Mut zu nehmen, und das nächste Mal, wenn ich wiederkam, wurde ich, sobald der Herr den Rücken kehrte, frisch geprügelt und auf halbe Portion gesetzt. So ist das Schlagen mir verleidet; und doch kann es nicht länger so gehen. Weiß niemand Rat?«

Da sagte das ältere Gummiroß: »Ich habe auch schon lange darüber nachgedacht und wüßte keinen bessern Rat, als wenn man auf irgendeine Weise ein Gesetz bewirken könnte, daß von nun an die Stallknechte zu Stubenmeitlene gemacht werden sollten und die Stubenmeitleni zu Stallknechten. Erst gefallen mir die Stubenmeitleni im ganzen genommen selbst besser als die Stallknechte, zweitens würden sie manierlicher mit einem umgehen, und drittens würden unsere Herren viel häufiger daran denken, daß sie ein Roß im Stall hätten, daß sie nachsehen müßten, ob es seine Sache habe, ja, mancher ließe sich aus lauter Zärtlichkeit für sein Roß seinen Schoppen in den Stall zum ehemaligen Stuben-, gegenwärtigen Stallmeitli bringen. Das ist meine Meinung; wenn jemand eine bessere hat, so sage er sie auch!«

Aber da redete keiner verständlich, freudige Töne widerhallten an den Wänden, es war, als ob sie klatschen wollten in voller Herzensfreude. Endlich artikulierte sich ihre Freude:

»Ja, ja, ja, so ist es recht:
In die Stube mit dem Knecht!
Mit der Stubenmagd im Stall
's ist ein nagelneuer Fall.
Alsdann wirds im Stalle besser:
Hier die Küfer, Saufer, Fresser,

Herr und Roß in einer Hut,
Das tut beiden wohl und gut.

Drum, Brüder, drum faßt frischen Mut!
Laßt fröhlich springen das alte Blut!
Ein neu Gesetz bringt in den Stall
Die Stubenmädchen Knall und Fall
Und macht uns von der Quälerei
Der liebeleeren Knechte frei;
Drum, Brüder, drum faßt frischen Mut!
So ist es recht, so könnt es gut!«

Die Begeisterung drang immer tiefer in die Töne ein, durch die Töne durch – da schlug es am Kirchturme eins. Und stille wards plötzlich im Stalle, stille ringsum. Ich war wie in einer andern Welt. Ich sah den Mond wieder scheinen, sah, wie der Wirt vorsichtig ums Haus schlich, er wollte mich suchen und hätte mich nicht gern überrascht; und ergriffen, wie ich war, hätte ich gerne ohne ihn mich ins Bett gedrückt. Ich wartete, bis er hinter dem Hause war, aber wie ich zur Vordertüre leise eintrat, kam er zur Hintertüre herein, begrüßte mich mit den üblichen Worten und sagte, es werde mir wohl noch ein Gläschen belieben? Ich dankte, nahm ein Licht und ließ den Wirt stehn, der nun ein Gläschen für mich und eins für sich wird getrunken haben.

Ich aber erlebte eine erbärmliche Nacht. Alles, was ich ehemals geglaubt hatte und jetzt nicht mehr, gramselte mir vor den Augen herum, machte seine Rechte geltend, trieb mir der Hölle heißen Pfahl in die Seele, und ich konnte mich mit nichts wehren als mit einem öden Nichtsglauben, der keine Gründe hatte und vor jedem Gespensterwesen davonfloh und feige sich barg. Und zu der Angst kam die Neugierde, wie die Pferde zu einem solchen Gesetz hätten kommen wollen, und wessen Verwendung sie angesprochen, wem sie die Redaktion übertragen hätten? Dann das Leid über die menschliche Beschränktheit, welche die Ohren, besonders wenn Baumwolle darin ist, nur an einem Orte haben kann. Ich hatte in den Kuhställen brummen hören, grunzen bei den Schweinen, sogar die Hühner schienen leise Gespräche zu führen, aber wegen den Pferden konnte ich die alle nicht hören, und mit Schlag ein Uhr war alles aus. Es plagte mich die Verlegenheit, ob ich etwas von dem Gehörten erzählen solle oder alles für mich behalten und den Ungläubigen fortspielen. Wo so viel einen Menschen plagt, da kann man denken, wie elend es dem Menschen wird.

Es waren Nadeln im Bette, ich mußte aufstehen. Ich schrieb das Erlebte nieder und alle meine Peinigungen. Ich will es fest verwahren; bei meinen Lebzeiten wird es kaum ein Mensch erblicken, und ob meine Enkel es erblicken werden, hängt von der Weise ab, in der ich sterbe. Aber leben möchte ich noch ein Jahr, um zu vernehmen, wie und was Kühe und Hühner sprechen. Ein Mann wie ich muß alles wissen, und eines jeden Geschöpfes Stimmung sollte er kennen.

23

Thomas Mann

Weihnachten bei den Buddenbrooks

Unter solchen Umständen kam diesmal das Weihnachtsfest heran, und der kleine Johann verfolgte mit Hülfe des Abreißkalenders, den Ida ihm angefertigt, und auf dessen letztem Blatte ein Tannenbaum gezeichnet war, pochenden Herzens das Nahen der unvergleichlichen Zeit.

Die Vorzeichen mehrten sich … Schon seit dem ersten Advent hing in Großmamas Eßsaal ein lebensgroßes, buntes Bild des Knecht Ruprecht an der Wand. Eines Morgens fand Hanno seine Bettdecke, die Bettvorlage und seine Kleider mit knisterndem Flittergold bestreut. Dann, wenige Tage später, nachmittags im Wohnzimmer, als Papa mit der Zeitung auf der Chaiselongue lag und Hanno grade in Gerocks »Palmblättern« das Gedicht von der Hexe zu Endor las, wurde wie alljährlich und doch auch diesmal ganz überraschender Weise ein »alter Mann« gemeldet, welcher »nach dem Kleinen frage«. Er wurde hereingebeten, dieser alte Mann, und kam schlürfenden Schrittes, in einem langen Pelze, dessen rauhe Seite nach außen gekehrt, und der mit Flittergold und Schneeflocken besetzt war, ebensolcher Mütze, schwarzen Zügen im Gesicht und einem ungeheuren weißen Barte, der wie die übernatürlich dicken Augenbrauen, mit glitzernder Lametta durchsetzt war. Er erklärte, wie jedes Jahr, mit eherner Stimme, daß *dieser* Sack – auf seiner linken Schulter – für gute Kinder, welche beten könnten, Äpfel und goldene Nüsse enthalte, daß aber andererseits *diese* Ruthe – auf seiner rechten Schulter – für die bösen Kinder bestimmt sei … Es war Knecht Ruprecht. Das heißt, natürlich nicht so ganz und vollkommen der Ächte und im Grunde vielleicht bloß Barbier Wenzel in Papas gewendetem Pelz; aber soweit ein Knecht Ruprecht überhaupt möglich, war er *Dies*, und Hanno sagte auch dieses Jahr wieder, aufrichtig erschüttert und nur ein- oder zweimal von einem nervösen und halb unbewußten Aufschluchzen unterbrochen, sein Vaterunser her, worauf er einen Griff in den Sack für die guten Kinder thun durfte, den der alte Mann dann überhaupt wieder mit sich zu nehmen vergaß …

Es setzten die Ferien ein, und der Augenblick ging ziemlich glücklich vorüber, da Papa das Zeugnis las, das auch in der Weihnachtszeit notwendig ausgestellt werden mußte … Schon war der große Saal geheimnisvoll verschlossen, schon waren Marzipan und Braune Kuchen auf den Tisch gekommen, schon war es Weihnacht draußen in der Stadt. Schnee fiel, es kam Frost, und in der scharfen, klaren Luft erklangen durch die Straßen die geläufigen oder wehmütigen Melodien der italienischen Drehorgelmänner, die mit ihren Sammetjacken und schwarzen Schnurrbärten zum Feste herbeigekommen waren. In den Schaufenstern prangten die Weihnachtsausstellungen. Um den hohen gotischen Brunnen auf dem Marktplatze waren die bunten Belustigungen des Weihnachtsmarktes aufgeschlagen. Und wo man ging, atmete man mit dem Duft der zum Kauf gebotenen Tannenbäume das Aroma des Festes ein.

Dann endlich kam der Abend des dreiundzwanzigsten Dezembers heran und mit ihm die Bescheerung im Saale zu Haus, in der Fischergrube, eine Bescheerung im engsten Kreise, die nur ein Anfang, eine Eröffnung, ein Vorspiel war, denn den Heiligen Abend hielt die Konsulin fest in Besitz, und zwar für die ganze Familie, so daß am Spätnachmittage des Vierundzwanzigsten die gesamte Donnerstag-Tafelrunde, und dazu noch Jürgen Kröger aus Wismar, sowie Therese Weichbrodt mit Madame Kethelsen, im Landschaftszimmer zusammentrat.

In schwerer, grau und schwarz gestreifter Seide, mit geröteten Wangen und erhitzten Augen, in einem zarten Duft von Patschouli, empfing die alte

Dame die nach und nach eintretenden Gäste, und bei den wortlosen Umarmungen klirrten ihre goldenen Armbänder leise. Sie war in unaussprechlicher stummer und zitternder Erregung an diesem Abend. »Mein Gott, du fieberst ja, Mutter!« sagte der Senator, als er mit Gerda und Hanno eintraf ... »Alles kann doch ganz gemütlich vonstatten gehen.« Aber sie flüsterte, indem sie alle Drei küßte: »Zu Jesu Ehren ... Und dann mein lieber seliger Jean ...«

In der That, das weihevolle Programm, das der verstorbene Konsul für die Feierlichkeit festgesetzt hatte, mußte aufrecht erhalten werden, und das Gefühl ihrer Verantwortung für den würdigen Verlauf des Abends, der von der Stimmung einer tiefen, ernsten und inbrünstigen Fröhlichkeit erfüllt sein mußte, trieb sie rastlos hin und her – von der Säulenhalle, wo schon die Marien-Chorknaben sich versammelten, in den Eßsaal, wo Rieckchen Severin letzte Hand an den Baum und die Geschenktafel legte, hinaus auf den Korridor, wo scheu und verlegen einige fremde alte Leutchen umher standen, Hausarme, die ebenfalls an der Bescheerung teilnehmen sollten, und wieder ins Landschaftszimmer, wo sie mit einem stummen Seitenblick jedes überflüssige Wort und Geräusch strafte. Es war so still, daß man die Klänge einer entfernten Drehorgel vernahm, die zart und klar wie die einer Spieluhr aus irgend einer beschneiten Straße den Weg hierherfanden. Denn obgleich nun an zwanzig Menschen im Zimmer saßen und standen, war die Ruhe größer, als in einer Kirche, und die Stimmung gemahnte, wie der Senator ganz vorsichtig seinem Onkel Justus zuflüsterte, ein wenig an die eines Leichenbegängnisses.

Übrigens war kaum Gefahr vorhanden, diese Stimmung möchte durch einen Laut jugendlichen Übermutes zerrissen werden. Ein Blick hätte genügt, zu bemerken, daß fast alle Glieder der hier versammelten Familie in einem Alter standen, in welchem die Lebensäußerungen längst gesetzte Formen angenommen haben. Senator Thomas Buddenbrook, dessen Blässe den wachen, energischen und sogar humoristischen Ausdruck seines Gesichtes Lügen strafte; Gerda, seine Gattin, welche, unbeweglich in einen Sessel zurückgelehnt und das schöne weiße Gesicht nach oben gewandt, ihre nahe bei einander liegenden, bläulich umschatteten, seltsam schimmernden Augen von den flimmernden Glasprismen des Kronleuchters bannen ließ; seine Schwester, Frau Permaneder; Jürgen Kröger, sein Cousin, der stille, schlicht gekleidete Beamte; seine Cousinen Friederike, Henriette und Pfiffi, von denen die beiden ersteren noch magerer und länger geworden waren, und die letztere noch kleiner und beleibter erschien, als früher, denen aber ein stereotyper Gesichtsausdruck durchaus gemeinsam war, ein spitziges und übelwollendes Lächeln, das gegen alle Personen und Dinge mit einer allgemeinen medisanten Skepsis gerichtet war, als sagten sie beständig: »Wirklich? Das möchten wir denn doch fürs Erste noch bezweifeln« …; schließlich die arme, aschgraue Klothhilde, deren Gedanken wohl direkt auf das Abendessen gerichtet waren: – sie Alle hatten die Vierzig überschritten, während die Hausherrin mit ihrem Bruder Justus und seiner Frau gleich der kleinen Therese Weichbrodt schon ziemlich weit über die Sechzig hinaus war, und die alte Konsulin Buddenbrook, geborene Stüwing, sowie die gänzlich taube Madame Kethelsen, sich schon in den Siebzigern befanden.

In der Blüte ihrer Jugend stand eigentlich nur Erika Weinschenk; aber wenn ihre hellblauen Augen – die Augen Herrn Grünlichs – zu ihrem Manne, dem Direktor, hinüberglitten, dessen geschorener, an den Schläfen ergrauter Kopf mit dem schmalen, in die Mundwinkel hineingewachsenen Schnurrbart sich dort neben dem Sofa von der idyllischen Tapetenlandschaft abhob, so konnte man bemerken, daß ihr voller Busen sich in lautlosem aber schwerem Atemzuge hob … Ängstliche und wirre Gedanken an Usancen, Buchführung, Zeugen, Staatsanwalt, Verteidiger und Richter mochten sie bedrängen, ja, es war wohl Keiner im Zimmer, dem diese unweihnachtlichen Gedanken nicht im Sinne gelegen hätten. Der angeklagte Zustand von Frau Permaneders Schwiegersohn, das Bewußtsein der gesamten Familie von der Gegenwart eines Mitgliedes, das eines Verbrechens gegen die Gesetze, die bürgerliche Ordnung und die geschäftliche Ehrenhaftigkeit geziehen und vielleicht der Schande und dem Gefängnis verfallen war, gab der Versammlung ein vollständig fremdes, ungeheuerliches Gepräge. Ein Weihnachtsabend der Familie Buddenbrook mit einem Angeklagten in ihrer Mitte! Frau Permaneder lehnte sich mit strengerer Majestät in ihren Sessel zurück, das Lächeln der Damen Buddenbrook aus der Breitenstraße ward um noch eine Nüance spitziger …

Und die Kinder? Der ein wenig spärliche Nachwuchs? War auch er für das leis Schauerliche dieses so ganz neuen und ungekannten Umstandes empfänglich? Was die kleine Elisabeth betraf, so war es unmöglich, über ihren Gemütszustand zu urteilen. In einem Kleidchen, an dessen reichlicher Garnitur mit Atlasschleifen man Frau Permaneders Geschmack erkannte, saß das Kind auf dem Arm seiner Bonne, hielt seine Daumen in die winzigen Fäuste geklemmt, sog an seiner Zunge, blickte mit etwas hervortretenden Augen starr vor sich hin und ließ dann und wann einen kurzen, knarrenden

Laut vernehmen, worauf das Mädchen es ein wenig schaukeln ließ. Hanno aber saß still auf seinem Schemel zu den Füßen seiner Mutter und blickte gerade wie sie zu einem Prisma des Kronleuchters empor …

Christian fehlte! Wo war Christian? Erst jetzt im letzten Augenblick bemerkte man, daß er noch nicht anwesend sei. Die Bewegungen der Konsulin, die eigentümliche Manipulation, mit der sie vom Mundwinkel zur Frisur hinaufzustreichen pflegte, als brächte sie ein hinabgefallenes Haar an seine Stelle zurück, wurden noch fieberhafter … Sie instruierte eilig Mamsell Severin, und die Jungfer begab sich an den Chorknaben vorbei durch die Säulenhalle, zwischen den Hausarmen hin über den Korridor und pochte an Herrn Buddenbrooks Thür.

Gleich darauf erschien Christian. Er kam mit seinen mageren, krummen Beinen, die seit dem Gelenkrheumatismus etwas lahmten, ganz gemächlich ins Landschaftszimmer, indem er sich mit der Hand die kahle Stirne rieb.

»Donnerwetter, Kinder«, sagte er, »das hätte ich beinahe vergessen!«

»Du hättest es … « wiederholte seine Mutter und erstarrte …

»Ja, beinah vergessen, daß heut' Weihnacht ist … Ich saß und las … in einem Buch, einem

Reisebuch über Südamerika ... Du lieber Gott, ich habe schon andere Weihnachten gehabt ...« fügte er hinzu und war soeben im Begriff, mit der Erzählung von einem Heiligen Abend anzufangen, den er zu London in einem Tingel-Tangel fünfter Ordnung verlebt, als plötzlich die im Zimmer herrschende Kirchenstille auf ihn zu wirken begann, so daß er mit krausgezogener Nase und auf den Zehenspitzen zu seinem Platze ging.

»Tochter Zion, freue dich!« sangen die Chorknaben, und sie, die eben noch da draußen so hörbare Allotria getrieben, daß der Senator sich einen Augenblick an die Thür hatte stellen müssen, um ihnen Respekt einzuflößen, – sie sangen nun ganz wunderschön. Diese hellen Stimmen, die sich, getragen von den tieferen Organen, rein, jubelnd und lobpreisend aufschwangen, zogen Aller Herzen mit sich empor, ließen das Lächeln der alten Jungfern milder werden und machten, daß die alten Leute in sich hineinsahen und ihr Leben überdachten, während Die, welche mitten im Leben standen, ein Weilchen ihrer Sorgen vergaßen.

Hanno ließ sein Knie los, das er bislang umschlungen gehalten hatte. Er sah ganz blaß aus, spielte mit den Fransen seines Schemels und scheuerte seine Zunge an einem Zahn, mit halbgeöffnetem Munde und einem Gesichtsausdruck, als fröre ihn. Dann und wann empfand er das Bedürfnis, tief aufzuatmen, denn jetzt, da der Gesang, dieser glockenreine a capella-Gesang die Luft erfüllte, zog sein Herz sich in einem fast schmerzhaften Glück zusammen. Weihnachten ... Durch die Spalten der hohen, weißlackierten, noch fest geschlossenen Flügelthür drang der Tannenduft und erweckte mit seiner süßen Würze die Vorstellung der Wunder dort drinnen im Saale, die man jedes Jahr aufs Neue mit pochenden Pulsen als eine unfaßbare, unirdische Pracht erharrte ... Was würde dort drinnen für ihn sein? Das, was er sich gewünscht hatte, natürlich, denn das bekam man ohne Frage, gesetzt, daß es einem nicht als eine Unmöglichkeit zuvor schon ausgeredet worden war. Das Theater würde ihm gleich in die Augen springen und ihm den Weg zu seinem Platze weisen müssen, das ersehnte Puppentheater, das dem Wunschzettel für Großmama stark unterstrichen zu Häupten gestanden hatte, und das seit dem »Fidelio« beinahe sein einziger Gedanke gewesen war.

Ja, als Entschädigung und Belohnung für einen Besuch bei Herrn Brecht hatte Hanno kürzlich zum ersten Male das Theater besucht, das Stadt-Theater, wo er im ersten Range an der Seite seiner Mutter atemlos den Klängen und Vorgängen des »Fidelio« hatte folgen dürfen. Seitdem träumte er nichts als Opernscenen, und eine Leidenschaft für die Bühne erfüllte ihn, die ihn kaum schlafen ließ. Mit unaussprechlichem Neide betrachtete er auf der Straße die Leute, die, wie ja auch sein Onkel Christian, als Theater-Habitués bekannt waren, Konsul Döhlmann, Makler Gosch ... War das Glück ertragbar, wie sie fast jeden Abend dort anwesend sein zu dürfen? Könnte er nur einmal in der Woche vor Beginn der Aufführung einen Blick in den Saal thun, das Stimmen der Instrumente hören und ein wenig den geschlossenen Vorhang ansehen! Denn er liebte Alles im Theater: den Gasgeruch, die Sitze, die Musiker, den Vorhang ...

Wird sein Puppentheater groß sein? Groß und breit? Wie wird der Vorhang aussehen? Man muß baldmöglichst ein kleines Loch hineinschneiden, denn auch im Vorhang des Stadt-Theaters war ein Guckloch ... Ob Großmama oder Mamsell Severin – denn Großmama konnte nicht Alles besorgen – die nötigen Dekorationen zum »Fidelio« gefunden hatte? Gleich morgen wird er sich irgendwo einschließen und ganz allein eine Vorstellung geben ... Und schon ließ er seine Figuren im Geiste singen; denn die Musik hatte sich ihm mit dem Theater sofort aufs Engste verbunden ...

»Jauchze laut, Jerusalem!« schlossen die Chorknaben, und die Stimmen, die fugenartig neben einander her gegangen waren, fanden sich in der letzten Silbe friedlich und freudig zusammen. Der klare Accord verhallte, und tiefe Stille legte sich über Säulenhalle und Landschaftszimmer. Die Mitglieder der Familie blickten unter dem Drucke der Pause vor sich nieder; nur Direktor Weinschenks Augen schweiften keck und unbefangen umher, und Frau Permaneder ließ ihr trocknes Räuspern vernehmen, das ununterdrückbar war. Die Konsulin aber schritt langsam zum Tische und setzte sich inmitten ihrer Angehörigen auf das Sofa, das nun nicht mehr wie in alter Zeit unabhängig und abgesondert vom Tische da stand. Sie rückte die Lampe zurecht und zog die große Bibel heran, deren altersbleiche Goldschnittfläche ungeheuerlich breit war. Dann schob sie die Brille auf die Nase, öffnete die beiden ledernen Spangen, mit denen das kolossale Buch geschlossen war, schlug dort auf, wo das Zeichen lag, daß das dicke, rauhe, gelbliche Papier mit dem übergroßen Druck zum Vorschein kam, nahm einen Schluck Zuckerwasser und begann, das Weihnachtskapitel zu lesen.

Sie las die altvertrauten Worte langsam und mit einfacher, zu Herzen gehender Betonung, mit einer Stimme, die sich klar, bewegt und heiter von der andächtigen Stille abhob. »Und den Menschen ein Wohlgefallen!« sagte sie. Kaum aber schwieg sie, so erklang in der Säulenhalle dreistimmig das »Stille Nacht, heilige Nacht«, in das die Familie im Landschaftszimmer einstimmte. Man ging ein wenig vorsichtig zu Werke dabei, denn die Meisten der

Anwesenden waren unmusikalisch, und hie und da vernahm man in dem Ensemble einen tiefen und ganz ungehörigen Ton … Aber das beeinträchtigte nicht die Wirkung dieses Liedes … Frau Permaneder sang es mit bebenden Lippen, denn am süßesten und schmerzlichsten rührt es an Dessen Herz, der ein bewegtes Leben hinter sich hat und im kurzen Frieden der Feierstunde Rückblick hält … Madame Kethelsen weinte still und bitterlich, obgleich sie von Allem fast nichts vernahm.

Und dann erhob sich die Konsulin. Sie ergriff die Hand ihres Enkels Johann und die ihrer Urenkelin Elisabeth und schritt durch das Zimmer. Die alten Herrschaften schlossen sich an, die jüngeren folgten, in der Säulenhalle gesellten sich die Dienstboten und die Hausarmen hinzu, und während Alles einmütig »O Tannebaum« anstimmte und Onkel Christian vorn die Kinder zum Lachen brachte, indem er beim Marschieren die Beine hob wie ein Hampelmann und alberner Weise »O Tantebaum« sang, zog man mit geblendeten Augen und ein Lächeln auf dem Gesicht durch die weit geöffnete hohe Flügelthür direkt in den Himmel hinein.

Der ganze Saal, erfüllt von dem Dufte angesengter Tannenzweige, leuchtete und glitzerte von unzähligen kleinen Flammen, und das Himmelblau der Tapete mit ihren weißen Götterstatuen ließ den großen Raum noch heller erscheinen. Die

Flämmchen der Kerzen, die dort hinten zwischen den dunkelrot verhängten Fenstern den gewaltigen Tannenbaum bedeckten, welcher, geschmückt mit Silberflittern und großen, weißen Lilien, einen schimmernden Engel an seiner Spitze und ein plastisches Krippen-Arrangement zu seinen Füßen, fast bis zur Decke emporragte, flimmerten in der allgemeinen Lichtflut wie ferne Sterne. Denn auf der weißgedeckten Tafel, die sich lang und breit, mit den Geschenken beladen, von den Fenstern fast bis zur Thüre zog, setzte sich eine Reihe kleinerer, mit Konfekt behängter Bäume fort, die ebenfalls von brennenden Wachslichtchen erstrahlten. Und es brannten die Gasarme, die aus den Wänden hervorkamen, und es brannten die dicken Kerzen auf den vergoldeten Kandelabern in allen vier Winkeln. Große Gegenstände, Geschenke, die auf der Tafel nicht Platz hatten, standen neben einander auf dem Fußboden. Kleinere Tische, ebenfalls weiß gedeckt, mit Gaben belegt und mit brennenden Bäumchen geschmückt, befanden sich zu den Seiten der beiden Thüren: Das waren die Bescheerungen der Dienstboten und der Hausarmen.

Singend, geblendet und dem altvertrauten Raume ganz entfremdet umschritt man einmal den Saal, defilierte an der Krippe vorbei, in der ein wächsernes Jesuskind das Kreuzeszeichen zu machen schien, und blieb dann, nachdem man Blick für die einzelnen Gegenstände bekommen hatte, verstummend an seinem Platze stehen.

Hanno war vollständig verwirrt. Bald nach dem Eintritt hatten seine fieberhaft suchenden Augen das Theater erblickt … ein Theater, das, wie es dort oben auf dem Tische prangte, von so extremer Größe und Breite erschien, wie er es sich vorzustellen niemals erkühnt hatte. Aber sein Platz hatte gewechselt, er befand sich an einer der vorjährigen entgegengesetzten Stelle, und dies bewirkte, daß Hanno in seiner Verblüffung ernstlich daran zweifelte, ob dies fabelhafte Theater für ihn bestimmt sei. Hinzu kam, daß zu den Füßen der Bühne, auf dem Boden, etwas Großes, Fremdes aufgestellt war, etwas, was nicht auf seinem Wunschzettel gestanden hatte, ein Möbel, ein komodenartiger Gegenstand … war er für ihn?

»Komm her, Kind, und sieh dir dies an«, sagte die Konsulin und öffnete den Deckel. »Ich weiß, du spielst gern Choräle … Herr Pfühl wird dir die nötigen Anweisungen geben … Man muß immer treten … manchmal schwächer und manchmal stärker … und dann die Hände nicht aufheben, sondern immer nur so peu à peu die Finger wechseln …«

Es war ein Harmonium, ein kleines, hübsches Harmonium, braun poliert, mit Metallgriffen an beiden Seiten, bunten Tretbälgen und einem zierlichen Drehsessel. Hanno griff einen Accord … ein sanfter Orgelklang löste sich los und ließ die Umstehenden von ihren Geschenken aufblicken … Hanno umarmte seine Großmutter, die ihn zärtlich an sich preßte und ihn dann verließ, um die Danksagungen der Anderen entgegenzunehmen.

Er wandte sich dem Theater zu. Das Harmonium war ein überwältigender Traum, aber er hatte doch fürs Erste noch keine Zeit, sich näher damit zu beschäftigen. Es war der Überfluß des Glückes, in dem man, undankbar gegen das Einzelne, Alles nur flüchtig berührt, um erst einmal das Ganze übersehen zu lernen … Oh, ein Souffleurkasten war da, ein muschelförmiger Souffleurkasten, hinter dem breit und majestätisch in Rot und Gold der Vorhang emporrollte. Auf der Bühne war die Dekoration des letzten Fidelio-Aktes aufgestellt. Die armen Gefangenen falteten die Hände. Don Pizarro, mit gewaltig gepufften Ärmeln, verharrte irgendwo in fürchterlicher Attitüde. Und von hinten nahte im Geschwindschritt und ganz in schwarzem Sammet der Minister, um Alles zum Besten zu kehren. Es war wie im Stadt-Theater und beinahe noch schöner. In Hannos Ohren widerhallte der Jubelchor, das Finale, und er setzte sich vor das Harmonium, um ein Stückchen daraus, das er behalten, zum Erklingen zu bringen … Aber er stand wieder auf, um das Buch zur Hand zu nehmen, das erwünschte Buch der griechischen Mythologie, das ganz rot gebunden war und eine goldene Pallas Athene auf dem Deckel trug. Er aß von seinem Teller mit Konfekt, Marzipan und Braunen Kuchen, musterte die kleineren Dinge, die Schreibutensilien und Schulhefte und vergaß einen Augenblick alles Übrige über einem Federhalter, an dem sich irgendwo ein winziges Glaskörnchen befand, das man nur vors Auge zu halten brauchte, um wie durch Zauberspiel eine weite Schweizerlandschaft vor sich zu sehen …

Jetzt gingen Mamsell Severin und das Folgmädchen mit Thee und Biscuits umher, und während Hanno eintauchte, fand er ein wenig Muße, von seinem Platze aufzusehen. Man stand an der Tafel oder ging daran hin und her, plauderte und lachte, indem man einander die Geschenke zeigte und die des Anderen bewunderte. Es gab da Gegenstände aus allen Stoffen: aus Porzellan, aus Nickel, aus Silber, aus Gold, aus Holz, Seide und Tuch. Große, mit Mandeln und Succade symmetrisch besetzte Braune Kuchen lagen abwechselnd mit massiven Marzipanbroten, die innen naß waren vor Frische, in langer Reihe auf dem Tische. Diejenigen Geschenke, die Frau Permaneder angefertigt oder dekoriert hatte, ein Arbeitsbeutel, ein Untersatz für Blattpflanzen, ein Fußkissen, waren mit großen Atlasschleifen geziert.

Dann und wann besuchte man den kleinen Johann, legte den Arm um seinen Matrosenkragen und nahm seine Geschenke mit der ironisch übertriebenen Bewunderung in Augenschein, mit der man die Herrlichkeiten der Kinder zu bestaunen pflegt. Nur Onkel Christian wußte nichts von diesem Erwachsenen-Hochmut, und seine Freude an dem Puppentheater, als er, einen Brillantring am Finger, den er von seiner Mutter bescheert bekommen hatte, an Hannos Platz vorüberschlenderte, unterschied sich gar nicht von der seines Neffen.

24

Lukas

Die Weihnachtsgeschichte

Es begab sich aber zu der Zeit, daß ein Gebot von dem Kaiser Augustus ausging, daß alle Welt geschätzt würde. Und diese Schätzung war die allererste und geschah zur Zeit, da Kyrenius Landpfleger in Syrien war. Und jedermann ging, daß er sich schätzen ließe, ein jeglicher in seine Stadt.

Da machte sich auf auch Joseph aus Galilea, aus der Stadt Nazareth in das jüdische Land zur Stadt Davids, die da heißt Bethlehem, darum er von dem Hause und Geschlechte Davids war, auf daß er sich schätzen ließe mit Maria, seinem vertrauten Weibe, die war schwanger. Und als sie daselbst waren, kam die Zeit, daß sie gebären sollte. Und sie gebar ihren ersten Sohn und wickelte ihn in Windeln und legte ihn in eine Krippe, denn sie hatten sonst keinen Raum in der Herberge.

Und es waren Hirten in der selbigen Gegend auf dem Felde bei den Hürden, die hüteten des Nachts ihre Herde. Und siehe, des HERRN Engel trat zu ihnen, und die Klarheit des HERRN leuchtete um sie, und sie fürchteten sich sehr. Und der Engel sprach zu ihnen: Fürchtet euch nicht, siehe, ich verkündige euch große Freude, die allem Volk widerfahren wird. Denn euch ist heute der Heiland geboren, welcher ist Christus der HERR, in der Stadt Davids. Und das habt zum Zeichen: Ihr werdet finden das Kind in Windeln gewickelt und in einer Krippe liegend. Und alsbald war da beim Engel die Menge der himmlischen Heerscharen, die lobten Gott und sprachen: Ehre sei Gott in der Höhe und Friede auf Erden und den Menschen ein Wohlgefallen.

Und da die Engel von ihnen gen Himmel fuhren, sprachen die Hirten untereinander: Lasset uns nun gehen gen Bethlehem und die Geschichte sehen, die da geschehen ist, die uns der Herr kundgetan hat. Und sie kamen eilend und fanden beide, Maria und Joseph, dazu das Kind in der Krippe liegen. Da sie es aber gesehen hatten, breiteten sie das Wort aus, welches zu ihnen von diesem Kind gesagt war. Und alle, vor die es kam, wunderten sich der Rede, die ihnen die Hirten gesagt hatten. Maria aber behielt alle diese Worte und bewegte sie in ihrem Herzen. Und die Hirten kehrten wieder um, priesen und lobten Gott um alles, das sie gehört und gesehen hatten, wie denn zu ihnen gesagt war.

Lukas 2,1–20

Anhang

Nachweise

Hans Christian Andersen (1805–1875): Das kleine Mädchen mit den Schwefelhölzern. Der Tannenbaum. Aus: Märchen von Hans Christian Andersen. Berlin 1910

Walter Benjamin (1892–1940): Wintermorgen. Aus: Ders.: Gesammelte Schriften. Hrsg. von Rolf Tiedemann und Hermann Schweppenhäuser. Bd. IV/1. Frankfurt/M. 1972

Annette von Droste-Hülshoff (1797–1848): Am Weiher. Ein milder Wintertag. Aus: Dies.: Werke in einem Band. Berlin, Weimar 1985

Marie von Ebner-Eschenbach (1830–1916): Das Weihnachtsfest war nahe. Aus: Dies.: Werke. Berlin, Weimar 1985

Hans Fallada (1893–1947): Lüttenweihnachten. Aus: Ders.: Ausgewählte Werke in Einzelbänden. Hrsg. von Günter Caspar. Bd. 9: Märchen und Geschichten. Berlin, Weimar 1985

Theodor Fontane (1819–1898): Alles still. Aus: Ders.: Gedichte in einem Band. Frankfurt/M. 1998

Jeremias Gotthelf (1797–1854): Merkwürdige Reden, gehört zu Krebsligen zwischen zwölf und ein Uhr in der Heiligen Nacht. Aus: Ders.: Sämtliche Werke. Bd. 18. Zürich 1947

O. Henry (d. i. William Sydney Porter, 1862–1910): Das Weihnachtsgeschenk. Aus: Ders.: Das Weihnachtsgeschenk. Zürich 1924

Gottfried Keller (1819–1890): Weihnachtsmarkt. Aus: Ders.: Gedichte in einem Band. Frankfurt / M. 1998

Selma Lagerlöf (1858–1940): Das Feuer in der dunklen Nacht. Aus: Dies.: Die Silbergrube und andere Erzählungen. Aus dem Schwedischen von Marie Franzos. München 1930

Lukas: Die Weihnachtsgeschichte. In: *Die Bibel.* Nach der deutschen Übersetzung Martin Luthers. Lukas 2, 1–20. Stuttgart 1951, 1981

Thomas Mann (1875–1955): Weihnachten auf dem Zauberberg. Aus: Weihnachten mit Thomas Mann. Hrsg. von Sascha Michel. Frankfurt / M. 2009. © S. Fischer Verlag GmbH, Frankfurt am Main 2002. Weihnachten bei den Buddenbrooks. Aus: Ders.: Buddenbrooks. Verfall einer Familie. Frankfurt / M. 2007 © S. Fischer Verlag GmbH, Frankfurt am Main 1960 / 1974

Wilhelm Müller (1794–1827): Der stürmische Morgen. Aus: Ders.: Die Winterreise. Gedichte. Vollständige Kritische Ausgabe. Berlin 1906

Sophie Reinheimer (1874–1935): Der Schnee. Aus:

Dies.: Von Winter und Weihnacht. Leipzig [um 1930]

Rainer Maria Rilke (1875–1926): Advent. Aus: Ders.: Gedichte in einem Band. Frankfurt / M. 1998

Joachim Ringelnatz (1883–1934): Draußen schneit's. Stille Winterstraße. Aus: Ders.: Sämtliche Gedichte. Zürich 1997

Peter Rosegger (1843–1918): Als ich Christtagsfreude holen ging. Aus: Ders.: Schneeflocken / Als ich Christtagsfreude holen ging. Gütersloh 1949

Adalbert Stifter (1805–1868): Als der Winter hereinbrach. Aus: Ders.: Die Mappe meines Urgroßvaters. Frankfurt / M. 1995

Theodor Storm (1817–1888): Unter dem Tannenbaum. Aus: Ders.: Gesammelte Schriften. Braunschweig 1862 ff.

Kurt Tucholsky (1890–1935): Gefühle nach dem Kalender. Großstadt-Weihnachten. Aus: Weihnachten mit Kurt Tucholsky. Hrsg. von Axel Ruckaberle. Frankfurt / M. 2010

Thomas Mann
Weihnachten bei den Buddenbrooks

Weihnachten bei den Buddenbrooks: Am 24. Dezember empfängt die Konsulin Buddenbrook ihre Gäste. Ein riesiger Tannenbaum, wundervoll geschmückt mit Silberflitter und einem Engel an der Spitze, erfüllt den großen Saal mit seinem Duft. Hanno, der Jüngste der Lübeck'schen Kaufmannsfamilie, fiebert dem großen Augenblick der Bescherung entgegen. Wird sein größter Wunsch erfüllt werden?

Das berühmte Weihnachtskapitel aus dem Nobelpreis-Roman – ergänzt mit den Rezepten des Weihnachtsmenüs.

Sammelband
96 Seiten, gebunden
978-3-596-52324-5

Weitere Informationen finden Sie auf
www.fischerverlage.de

Thomas Mann
Weihnachten bei den Buddenbrooks

Weihnachten bei den Buddenbrooks: Am 24. Dezember empfängt die Konsulin Buddenbrook ihre Gäste. Ein riesiger Tannenbaum, wundervoll geschmückt mit Silberflitter und einem Engel an der Spitze, erfüllt den großen Saal mit seinem Duft. Hanno, der Jüngste der Lübeck'schen Kaufmannsfamilie, fiebert dem großen Augenblick der Bescherung entgegen. Wird sein größter Wunsch erfüllt werden?

Das berühmte Weihnachtskapitel aus dem Nobelpreis-Roman – ergänzt mit den Rezepten des Weihnachtsmenüs.

Sammelband
96 Seiten, gebunden
978-3-596-52324-5

Weitere Informationen finden Sie auf
www.fischerverlage.de